Sendo cada uma das obras dedicada a um escritor português, pretende-se que os textos desta coleção – escritos por especialistas, mas num estilo que se quer de divulgação – elucidem o leitor sobre a especificidade da obra de cada autor.

GIL VICENTE

Título :
GIL VICENTE

© da Nota Prévia: Carlos Reis e Edições 70
© do restante texto: José Manuel Cardoso Bernardes e Edições 70

Capa: FBA.
Depósito Legal n.º 284293/08

Biblioteca Nacional de Portugal – Catalogação na Publicação

BERNARDES, José Augusto Cardoso

Gil Vicente - (Cânones)
ISBN 978-972-44-1517-8

CDU 821.134.3-2Vicente, Gil.09
   929Vicente, Gil

Paginação, impressão e acabamento:
GRÁFICA DE COIMBRA
para
EDIÇÕES 70, LDA.
Novembro de 2008

ISBN: 978-972-44-1517-8

EDIÇÕES 70, Lda.
Rua Luciano Cordeiro, 123 – 1.º Esq.º – 1069-157 Lisboa / Portugal
Telefs.: 213190240 – Fax: 213190249
e-mail: geral@edicoes70.pt

www.edicoes70.pt

Esta obra está protegida pela lei. Não pode ser reproduzida,
no todo ou em parte, qualquer que seja o modo utilizado,
incluindo fotocópia e xerocópia, sem prévia autorização do Editor.
Qualquer transgressão à lei dos Direitos de Autor será passível
de procedimento judicial.

GIL VICENTE
José Augusto Cardoso Bernardes

Carlos Reis
Coordenador

A grafia dos textos desta coleção segue a norma estabelecida pelo Acordo Ortográfico de 2008.

1.

NOTA PRÉVIA

Nos últimos anos desenvolveu-se, no domínio dos estudos literários e mesmo fora dele, um interessante debate acerca da questão do **cânone**, debate a que não são estranhos sentidos e até preconceitos ideológicos. Polarizado em torno da dimensão institucional da literatura e de aspectos significativos dessa dimensão como seja a sua presença no sistema de ensino, a discussão sobre o cânone levou inevitavelmente à ponderação de elencos de autores considerados canónicos e, na sequência dessa ponderação, à acentuação da função pedagógica e de legitimação simbólica atribuída a esses elencos.

Com efeito, o processo de constituição e de ratificação do **cânone** é indissociável de uma utilização institucional da literatura, no quadro do sistema de ensino, embora, evidentemente, não se reduza a essa utilização. Daí a relevância assumida pelos programas escolares, enquanto documentos com propósito orientador e às vezes normativo que o Estado estabelece; daí também a tendência para encarar os programas escolares como atestações de uma consciência cultural e nacional que procura afirmar-se como legítima e que implica a presença de certos autores nesses programas.

No caso dos programas de literatura a questão do cânone literário associa-se ainda ao ensino da língua e à exemplaridade linguística de autores reconhecidos como canónicos. Camões, Shakespeare, Cervantes, Dante, Victor Hugo ou Machado de Assis são, assim, autores do cânone não apenas por se entender que neles se acham plasmados valores e imagens com forte marcação cultural e civilizacional, mas também por força de uma outra representatividade: a do idioma em que escreveram e a sua emblemática identificação (e mesmo auto-identificação) com as comunidades nacionais que os entendem como autores canónicos.

Mas o debate acerca do cânone encerra outras facetas que devem ser consideradas. Uma delas tem que ver com a atenção que, nas últimas décadas e em várias instâncias de validação, foi concedida a autores e a textos que, justamente por não serem considerados do cânone, foram objecto de valorização. Procurou-se deste modo, por assim dizer, compensar a marginalidade a que tais autores e textos pareciam condenados. O cânone pode, por isso, ser visto também como um poder a contrariar; daí à desqualificação de nomes de referência canónica vai um passo que por vezes tem sido dado com uma celeridade não isenta de ligeireza ideológica.

***

Foi à luz das circunstâncias e das tendências acima enunciadas que esta série foi concebida. Iniciámo-la com José Saramago, sendo certo que o seu entendimento como autor do cânone não é prejudicado pelo facto de se tratar de um nosso contemporâneo. Isso mesmo é eloquentemente evidenciado no volume que lhe foi consagrado, da autoria de Ana Paula Arnaut.

O caso de Gil Vicente é naturalmente diferente. Se olharmos para os bem variados cenários em que, ao longo dos tempos, decorreu e se reafirmou a sua "canonização", verificaremos que é indiscutível e até praticamente obrigatória a presença deste grande homem de teatro nesta série de volumes. Isso mesmo é confirmado em vários momentos desta monografia, confiada a José Augusto Cardoso Bernardes, um dos nossos grandes especialistas em matéria vicentina; quando se procede à análise da presença de Gil Vicente na literatura e na cultura portuguesas (como aqui se faz), o que sem reservas se reconhece é o lugar de grande destaque que ao autor da *Farsa de Inês Pereira* cabe no nosso cânone. Não é por acaso que Mestre Gil continua a resistir ao lamentável desgaste que tem afectado, nos nossos programas escolares e a vários níveis, os estudos literários; e o que neste trabalho se reafirma são as razões dessa pervivência, bem como a necessidade de continuarmos a ler e a representar Gil Vicente, na escola e fora dela.

CARLOS REIS

2.
APRESENTAÇÃO

1. A identidade

Conhecem-se poucos dados rigorosos sobre a pessoa de Gil Vicente. E isso pode querer dizer, desde logo, que o escritor não gozou, em vida, de grandes privilégios, no plano social e económico. Não foi, pelo menos, de condição nobre e, ao contrário do que possa pensar-se, a sua influência no âmbito da Corte esteve sempre limitada pelo seu estatuto de artista/trovador. A sua principal missão encontrava-se razoavelmente definida, consistindo em assinalar os acontecimentos festivos do Reino (nascimentos e casamentos de príncipes, entradas régias, etc.), entrelaçando-os, muitas vezes, com as principais solenidades do calendário litúrgico, como o Natal e a Páscoa.

1.1. *O poeta-trovador*

A este nível, Gil Vicente pode ser comparado a outros profissionais da palavra que viveram no tempo de D. Manuel e de D. João III. Pensemos em Garcia de Resende (1471-1536), por exemplo, que, sendo homem de letras (e também de outras artes), viria a alcançar honrarias como a de cavaleiro da Ordem de Cristo e fidalgo de El-Rei, para além de escrivão da fazenda do príncipe D. João (futuro D. João III), a quem, aliás, dedica o *Cancioneiro Geral* (1516). Pensemos ainda em Sá de Miranda

(1481-1558), lembrando todas as benesses de que foi cumulado, ainda durante a sua estadia em Itália, no período em que permaneceu na Corte e depois, durante o seu exílio voluntário em terras de Basto: o Doutor Francisco Sá de Miranda, era, para todos os efeitos, um poeta e um homem de Letras, em sentido humanista, com tudo o que isso pressupunha de aura cívica. Exibia, para mais, uma formação letrada, caucionada pelas autoridades greco-latinas e pela matriz bíblica, fazendo da arte um instrumento de intervenção política e doutrinal, em condições de relativa liberdade e independência.

Ora Gil Vicente, o homem que fazia os *aytos a el-rey,* não gozava de um prestígio tão grande. Nele a condição de servidor do monarca prevaleceu largamente sobre a de artista, como, de resto, a dimensão moral se sobrepôs ao talento e à inventividade, próprios de uma outra concepção de arte.

A comparação com protagonistas de outras áreas parece também confirmar a relativa modéstia do lugar que coube a Gil Vicente na Corte régia. Pensemos designadamente em Gregório Lopes (c. 1490-c.1550), um dos artistas mais célebres da mesma época, confirmado como pintor régio em 1522, que veio a alcançar o título de cavaleiro da Ordem de Santiago, beneficiando de uma tença de seis mil reais por ano. Mesmo considerando a relativa escassez de elementos que possuímos acerca do impacto de Gil Vicente no seu próprio tempo, torna-se fácil concluir que este não condiz com a ideia de grandeza que hoje lhe associamos. A avaliar pela modéstia que transparece de textos onde fala da sua própria arte, é possível que nem o próprio tenha tido consciência plena do seu valor: pensemos sobretudo na Carta-Prefácio ao *Dom Duardos* ou no Prólogo da *Copilaçam* (v. *infra*, "Lugares Selectos") onde, a par da esperável retórica da humildade, se nota bem a consciência da distância em relação a um registo de autoridade, que se adivinha ligado às matrizes clássicas. Por oposição a outros autores da época, cujo magistério se fez imediatamente sentir (evoquemos de novo Sá de Miranda), a fortuna de Gil Vicente resultou sobretudo de um processo de reconhecimento posterior, que só no século XIX começa verdadeiramente a consolidar-se.

De resto, o testemunho mais revelador da repercussão de Gil Vicente na sua própria época e no seu próprio meio não deixa de ser ambíguo. Falamos da exaustiva crónica rimada que é a *Miscelânea*, escrita por Garcia de Resende, para dar conta das grandes transformações ocorridas ao longo do reinado de D. Manuel. Tratando-se de exaltar as novidades artísticas, o poeta/cronista faz alusão a pintores, iluminadores, ourives, escultores, etc. E é nessa linha que, na muito citada estrofe 186, evoca directamente a actividade do dramaturgo:

> E viimos singularmente
> Fazer representações
> D' estilo mui eloquente
> De muy novas invenções
> E fectas por Gil Vicente.
> Elle foi o que inventou
> isto caa, e ho usou
> com mais graça e mais dotrina
> posto que Joam del Enzina
> ho pastoril começou.

Embora antepondo-lhe a importância de Encina (no que diz respeito ao diálogo pastoril) Resende, que rondava a idade de Gil Vicente e com ele conviveu na Corte (sendo também, por sua vez, jocosamente mencionado num auto vicentino – *Cortes de Júpiter*), não deixou de incluir as "novas invenções vicentinas" entre os sinais de grandeza do tempo manuelino. Na sua concisão, o testemunho acaba por revelar-se sugestivo: sublinha, em primeiro lugar, que Vicente "inventou isto caa", à semelhança do que tinha acontecido com outros artistas (alguns dos quais estrangeiros), que tinham transposto para Portugal práticas de requinte que já vigoravam nas cortes europeias; destaca ainda que o fez com "mais graça e mais doutrina", sinalizando, desde logo, o binómio essencial que acabaria por prevalecer na apreciação global do legado vicentino, envolvendo a dimensão cómica e o compromisso moralizante.

Parece ainda significativo, a este propósito, que, ao contrário do que sucedeu com outros autores da mesma época, como o já citado Sá de Miranda, António Ferreira (1528--1569) ou Camões (c. 1525-1579), ninguém se tenha lembrado, até ao século XIX, de lhe compor uma biografia, mesmo que fantasiada. As hipóteses suscitadas a esse respeito por Diogo Barbosa Machado, na *Bibliotheca Lusitana* (meados do século XVIII) são vagas e contraditórias, orientando-se sobretudo no sentido de o nobilitar. Aí se afirma nomeadamente que o autor é "illustre de nascimento" e fez estudos de Leis na Universidade de Lisboa. Nesta mesma linha, não falta a aproximação ao estilo de Plauto "com madureza de juizo e novidade de idea", o que, na época, significava essencialmente a filiação (neste caso vaga e imprópria) na tradição dos comediógrafos latinos.

1.2. *A construção da figura*

Só com o Romantismo viria a sentir-se a necessidade de fazer avultar o rosto e a identidade de Gil Vicente. Justificavam-no então já vários fatores: a extensão e diversidade de uma obra (de novo integralmente editada em 1834, depois de antes o ter sido em 1562 e 1586); a novidade – muito valorizada no século XIX – de nessa mesma obra se cruzarem várias vozes, incluindo preciosamente (e pela primeira vez) a voz das classes ditas populares; o enorme tesouro linguístico que a criação vicentina constituía em si mesma, na amplitude heterogénea de cerca de meia centena de peças. Considerado no seu conjunto, o legado de Gil Vicente é, até então, não apenas o mais extenso alguma vez produzido por um só autor, no âmbito ibérico, como é também o mais diversificado. A própria natureza dramatúrgica desse legado contribui para que assim seja, incorporando um leque vastíssimo de registos de linguagem (coloquial e elevado, lírico e narrativo, exaltante e depreciador, idealizante e realista). De facto, percorrendo os autos, é possível individualizar nominalmente mais de três centenas de personagens, agrupáveis em cerca de três dezenas de tipos, correspondendo, cada um, a marcas próprias de discurso, no plano social e mental.

A estes fatores, que favorecem o engrandecimento da figura, deve ainda somar-se uma outra circunstância de grande significado: a obra de Gil Vicente pode ser vista como testemunho de uma época especialmente importante para o imaginário português. Refiro-me ao "período áureo" do século XVI, supostamente retratado pelo autor, nas suas misérias e nas suas grandezas. De resto, a generalidade dos historiadores que se tem ocupado dessa época invoca muitas vezes autos de Gil Vicente para convalidar hipóteses de carácter histórico-social. Essa mesma ligação viria a revelar-se particularmente cara a todos os nacionalismos que, vindos do Romantismo, se prolongaram ao longo da República e do Estado Novo. O impacto de Gil Vicente não deixou sequer de ser valorizado no período pós-colonial, empenhado em fazer ressaltar a "crítica" vicentina aos efeitos negativos da Expansão. Assim se compreende, nomeadamente, que depois do 25 de Abril tenham sido postos de parte alguns dos autos de teor supostamente cruzadístico, como *Exortação da Guerra* ou *Auto da Fama* (antes vastamente lidos e comentados) em proveito de uma peça como *Auto da India*, que passou a ser vista como pura crítica das "conquistas da Ásia".

Por tudo isto, impunha-se a "construção" de uma figura portadora de vida pessoal. Esse trabalho reconstrutivo foi-se pouco a pouco fixando em torno de alguns dados: o nascimento, por volta de 1465, a condição plebeia e a vinda para a Corte, ainda no tempo de D. João II, onde teria começado por desempenhar a profissão de ourives, chegando a ser dado como "autor" da emblemática custódia de Belém, feita com o primeiro ouro vindo do Oriente. Separadamente ou em conjugação com estes elementos chegou também a defender-se, com base numa menção que figura em documento quinhentista, que Gil Vicente teria sido "Mestre de Retórica" de D. Manuel: o que pode simplesmente querer dizer que se ocuparia de tudo o que dissesse respeito ao cerimonial que envolvia a pessoa do Rei.

Ora, se as datas envolvidas – até pelo seu caráter aproximativo – não têm suscitado controvérsia especial, quase tudo o resto suscita grandes dúvidas. É desde logo indeterminado o lugar de nascimento. A ideia de que terá nascido em Guimarães, para além de se fundar na indicação de um linhagista de finais do século XVI, nada mais tem a aboná-la. De resto, a este propósito, há sempre que ter em conta os indícios que o identificam com a Beira ("a nossa província", como se diz na didascália do *Auto da Fama*, onde a mocinha beirã é tomada como sinédoque de Portugal). A questão tanto pode ser encarada como acidental como pode ser vista sob um ângulo mais interessante: em boa verdade, ao admitirmos a relação de Gil Vicente com as paragens beirãs e com as figuras pastoris que lhe são inerentes, somos obrigados a avaliar a importância da figura do pastor em toda a obra vicentina, envolvendo a primazia de um determinado ponto de vista, que incide criticamente sobre a Corte e sobre todos os desmandos que afetam a ordem do mundo.

1.3. *A cultura*

Um dos fatores que mais contribui para a clarificação da identidade de um escritor é a sua "cultura". Ora, a propósito deste aspeto particular, têm-se defendido as teses mais desencontradas. Sustentou-se já que estaríamos perante um letrado, com domínio de Latim e das complexas artes de fazer sermões, só ministráveis nas grandes universidades europeias da época (Joaquim de Carvalho); em contrapartida, defendeu-se que a cultura do autor não revela vestígios de estudos superiores, podendo perfeitamente confinar-se à *Bíblia* e aos livros de uso eclesiástico (Micahëllis de Vasconcellos). Na base de uma e de outra conjetura, porém, voltam a estar fundamentos desfocados: nem os argumentos apontados para provar a cultura clássica do autor se afiguram conclusivos nem, tão-pouco, aqueles que desqualificam o seu saber se revelam imunes a preconceitos. Em boa verdade, o problema da cultura de Gil Vicente não pode ser reduzido à mera oposição entre os saberes clássicos (tidos por nobilitantes) e os saberes populares (menos apreciados). Para uma melhor avaliação do assunto é designadamente necessário ter em conta os modelos que mais de perto inspiraram a criação vicentina. Se tivermos em atenção esse parâmetro, somos obrigados a reconhecer que a cultura do autor é compósita e vasta, integrando componentes de muita natureza. Ao pensarmos na *Carta de Santarém*, ou no *Auto dos Quatro Tempos*, por exemplo, tendemos para a ideia de um Gil Vicente versado em questões de teologia profunda, que tocam o problema central da presença de Deus no mundo; se nos lembrarmos das comédias de inspiração cavaleiresca, somos obrigados a concluir que o autor dominava uma vasta tradição literária de carácter lírico e narrativo (que de alguma forma reinventou); se pensarmos na *Barca da Glória*, somos obrigados a admitir o seu contacto com o rico filão das "Danças da Morte"; se atentarmos em autos como as *Cortes de Júpiter* ou o *Templo de Apolo*, deduzimos que misturava, com relativa facilidade, reminiscências clássicas com elementos iconológicos e com fundamentos de doutrina política.

Mais do que em fontes primárias de teologia ou de catequese moral, aquilo que nos habituámos a designar como "cultura de Gil Vicente" aproxima-se assim muito dos fundamentos das moralidades e dos mistérios medievais. Para aí remete essencialmente a visão agostiniana da história, que transparece no *Breve Sumário da História de Deus*, por exemplo, compreendendo as Idades da Natura, da Escritura e da Graça de Cristo; para aí remete a reflexão sobre o estado do mundo e as possibilidades da sua remissão moral, derivadas do brevíssimo diálogo entre as alegorias de Todo-o-Mundo e Ninguém, que figura no *Auto da Lusitânia*; do mesmo modo, o que designamos por "cultura popular", reenvia quase sempre para a tradição das farsas medievais, elas também plenas de provérbios e anexins, infracções à moral e sugestões obscenas.

1.4. *A tese do poeta/ourives*

No que toca à vida de Gil Vicente, porém, o verdadeiro pomo de discórdia relaciona-se com a tese que dá o nosso autor como tendo sido também mestre-ourives, encarregado de supervisionar os trabalhos de ouro e prata que se fizessem para a Igreja de Belém, o convento de Tomar e o Hospital de Todos-os-Santos. Essa tese funda-se no facto de num documento de nomeação para mestre da balança de um Gil Vicente ourives existir uma nota, exarada por mão anónima, que aparentemente identifica os dois artistas ("Gil Vicente trovador mestre da balança"). Mais do que uma informação segura, porém, a referida anotação (sobreposta ao documento de nomeação do ourives) exprime, desde logo, a dúvida essencial que ainda hoje se coloca à identidade dos dois artistas. Repare-se que entre os dois substantivos ("trovador" e "mestre da balança") nem sequer existe uma copulativa, o que de alguma forma equivale a formular uma interrogação. A inverosimilhança da situação e o facto de esta confluência não aparecer sugerida nem confirmada em nenhum outro lugar (nem sequer ao longo da sua obra, onde seria natural que tivesse algum eco), leva-nos a duvidar fortemente da tese do poeta/ourives. De resto, admitir que o Gil Vicente autor da custódia (e de outras obras de ouriversaria) possa coincidir com o dramaturgo que compôs e encenou os autos, ao serviço da Corte régia, de forma ininterrupta, ao longo de três décadas e meia equivale a desqualificar uma e outra actividade, muito para além daquilo que nos consente o conhecimento da época. Na ausência de provas convincentes (que, em boa verdade, se resumem à existência dessa mesma nota) parece assim mais razoável acreditar que o tópico da identidade faz parte de uma estratégia de exaltação do autor, fazendo dele um génio multifacetado, capaz de exercer, em simultâneo, várias atividades artísticas. À luz dos pressupostos nacionalistas já sublinhados, faz ainda sentido pensar que através dessa tese se tenha pretendido, de alguma maneira, fazer participar Gil Vicente das "grandezas" do nosso Quinhentismo, dando-o como testemunha especialmente habilitada desse período e conferindo-lhe, ao mesmo tempo, a glória simbólica de ter manuseado o primeiro ouro proveniente do Império.

2. As circunstâncias

2.1. O *artista de corte*

No Prólogo do *Triunfo do Inverno* (representado em 1529) encontramos um pastor (sempre um pastor) que evoca nostalgicamente tempos de prosperidade e alegria:

> Em Portugal vi eu já
> Em cada casa pandeiro,
> E gaita em cada palheiro (II, 75) [1]

---

[1] As citações de Gil Vicente serão extraídas da edição de José Camões (2002), com menção do volume (em numeração romana) e da página (em numeração árabe).

Vem, de seguida, o contraponto de todos esses contentamentos: as danças de antigamente (de há duas décadas atrás) converteram-se em coro de lamentações continuadas:

> E de vinte anos acá
> Não há i gaita nem gaiteiro.
> A cada porta um terreiro,
> Cada aldeia dez folias,
> Cada casa atabaqueiro;
> E agora Jeremias é nosso tamborileiro. (idem)

Torna-se necessário compreender, em primeiro lugar, que estamos perante um tópico do discurso cortesão e não propriamente em face do registo de uma qualquer crise socioeconómica. De facto, e embora pudesse haver razões para se dar como certo o "entristecimento" da Corte de D. João III (insucessos militares, perda de influência no plano internacional, situações de calamidade natural, como secas prolongadas e terramotos, ou mesmo acontecimentos nefastos como seriam as mortes sucessivas de príncipes e infantes), a verdade é que este Prólogo deve ser lido à conta de um protesto que o súbdito pretende fazer chegar ao monarca. Recorde-se que, no *Auto Pastoril Português*, representado em 1523, já o lavrador Vasco Afonso há-de aludir diretamente à escassez de estipêndio de um dito Gil "o que faz os aitos a el-Rey", evocando o tempo em que ele tinha "com quê"...

A condição de «artista de corte» é, sem dúvida, a que melhor se adequa à figura de Gil Vicente. Isso significa essencialmente que o escritor desenvolveu a sua arte tendo em vista o público cortesão, vivendo nos palácios, acompanhando o Rei nas suas deslocações, procurando corresponder aos seus gostos e expetativas, sinalizando os principais acontecimentos que pautavam a vida cortesanesca, recobrindo as festividades do calendário ou as celebrações que envolviam a família real. Na sua ambiência recreativa, peças como o *Auto das Ciganas* ou mesmo *Fadas* refletem bem a convivialidade cortesã, próxima dos serões retóricos, feita de jogos de subtileza, a nível da palavra e da acção. O primeiro auto, um dos mais breves de toda a *Copilaçam*, limita-se à apresentação de quatro pares de ciganos, que, em ambiente de música e dança, se dirigem aos cortesãos, limitando-se a ler-lhes a sina, em registo paródico. No segundo auto, a bruxa Genebra Pereira apresenta-se na Corte, para se justificar (uma vez que a sua actividade caía na alçada da justiça). Acaba depois por encenar um jogo de sortes, que abrange o Rei, a Rainha, o príncipe e os infantes.

O estatuto de "artista de corte", porém, não implica apenas uma apreciação restritiva, envolvendo uma situação de dependência absoluta, no plano doutrinal e estético. Em boa verdade, a corte constitui um corpo social especialmente heterogéneo e conflitivo; deve-se ter em conta, de igual modo, que, embora vinculado ao ponto de vista do Rei, Gil Vicente assume a função de desvelador de realidades escondidas, afrontando assim, com toda a certeza, um sem-número de conveniências instaladas. É de supor que essa mesma circunstância possa ter-lhe valido animosidades consideráveis. Pode assim ter acontecido com Sá de Miranda, por exemplo (a quem parece criticar indiretamente no *Clérigo da Beira* e de quem, em troca, parece ter recebido alguns remoques no Prólogo da comédia *Os Estrangeiros*, datável de 1531). Algo de semelhante transparece na Didascália de *Inês Pereira* (edição avulsa quinhentista), onde parece ter eco a desconfiança dos letrados relativamente à originalidade das suas peças. Por fim, ele próprio alude a incompreensões (e castigos) na sua última peça (*Floresta de Enganos*), quando, na primeira cena, veste a pele de um filósofo amarrado e vigiado por um parvo, incumbido de o não deixar falar livremente. Invocando o exemplo dos tiranos de Roma, que se ofendiam com os conselhos dos filósofos, a personagem declara que repreendeu o poder e que, por isso, se viu em grande sofrimento, tendo sido inclusivamente posto "en cárcel muy tenebrosa".

Estamos, sem nenhuma dúvida, perante um artista comprometido e clarividente, a quem não falta, nem o contacto com as letras nem a experiência desenganada da vida. No seu todo, a obra em apreço assume, por isso, o estatuto de *pregação*, destinada a todo o Reino de Portugal. É manifesto que o projeto que daí resulta não coincide com outros projetos que, pela mesma época, procuram afirmar-se na cultura portuguesa. Não coincide, desde logo, com os ideais humanistas, mais cosmopolitas e abertos, tanto nas suas raízes como nas suas ambições. Uma das divergências mais significativas entre os dois modelos situa-se precisamente no domínio das conceções de arte: a de Gil Vicente, mais ligada a causas morais e políticas; a dos humanistas mais próxima dos modelos tidos por intemporais e laicizantes. Se é verdade que Gil Vicente se revela conservador em termos estéticos (de nada valendo tentar arrancá-lo à medievalidade a que pertence) é-o ainda muito mais sob o ponto de vista moral e social. A sua defesa intransigente da ordem e estabelecida constitui, no Portugal de Quinhentos, um evidente protesto contra os tempos novos, sentidos como ameaça desordenadora e descaraterizante.

No que diz respeito à inserção sociocultural, Gil Vicente desfruta, assim, de um lugar único e irrepetível no contexto português: excetuando talvez o caso do seu contemporâneo Garcia de Resende, ninguém antes dele pode ser considerado, com plena propriedade, um "escritor de corte", pelo menos na aceção que acima lhe atribuímos; tão-pouco alguém, depois dele, voltou a merecer, por inteiro, esta mesma designação.

2.2. *A protecção da rainha velha*

De entre as proteções diretas de que Gil Vicente terá beneficiado destaca-se a de D. Leonor de Lencastre, mulher de D. João II e irmã de D. Manuel. Na já citada carta-prefácio do *Dom Duardos*, dirigida a D. João III, ele próprio se declara ao serviço da "rainha vossa tia". Parece certo, com efeito, que o dramaturgo possa ter pertencido ao "círculo leonorino", a par de muitos outros artistas da palavra, da pintura ou da música. Nesse quadro, é inclusivamente legítimo aproximar algumas tendências edificantes da sua obra das correntes de espiritualidade acarinhadas pela sua protectora. Lembre-se, em particular, a tónica do despojamento (oposto à ambição) e da humildade (oposta à vanglória), ambas de base franciscana, que estão, ao mesmo tempo, na origem de grande parte das moralidades do autor e das orientações espirituais perfilhadas pela rainha.

3. A obra

3.1. *As edições*

Quem hoje se der ao trabalho de contar os autos que figuram na *Copilaçam* depara com um total de 44 peças completas (integrando o *Pranto de Maria Parda*), para além de um pequeno conjunto de composições de menor dimensão como o romance dedicado à morte de D. Manuel, as trovas à aclamação de D. João III, etc. Pela importância de que se revestem para a compreensão da consciência estética do autor, não podem ainda desprezar-se alguns *paratextos* como os Prólogos (o de Luís Vicente e o do próprio Gil Vicente, dedicando a sua obra ao Rei) ou alguns intróitos de natureza doutrinal como os que figuram no *Auto da Festa* ou na *Comédia Sobre a Divisa da Cidade de Coimbra*.

Apesar de dispormos de uma edição global feita sob o zelo de seus filhos (Paula e Luís Vicente) as dúvidas quanto à autoria não são pequenas. Não sabemos, em primeiro lugar, qual foi exatamente a intervenção de Gil Vicente no processo que viria a conduzir à publicação das suas obras. A este propósito, há quem limite a intervenção do filho, Luís Vicente, ao ordenamento dos autos; mas há também quem o responsabilize pelo afeiçoamento dos próprios textos. Na impossibilidade de determinar os limites dessa intervenção, podemos, ainda assim, apreciar o único caso em que é possível comparar uma edição feita em vida do autor e uma outra integrada na *Copilaçam*. Falo concretamente da *Barca do Inferno*, publicada em 1518, numa folha volante (hoje guardada na Biblioteca Nacional de Madrid) e na lição que figura nas *Obras*, vinda a lume em 1562. O exame comparativo, já levado a cabo por diversas vezes, regista um número de variantes relativamente limitado, sempre explicáveis em função de opções estilísticas (podendo estas ser atribuídas ao próprio autor). É o caso da célebre resposta dada ao Anjo pelo Parvo Joane, ante a pergunta: "Quem és tu?". Responde-se na lição da folha volante: "Samicas alguém!" e, na de 1562, "Ninguém!". Para além das cambiantes de estilo, a substância da resposta permanece a mesma, reenviando para a oposição que se verifica entre a segurança alienada dos condenados e a consciência humilde do Parvo. É, de resto, a segurança presunçosa dos pecadores e a capacidade de renúncia de Joane que determina a diferença no destino final.

Nessa medida, e mesmo considerando que em textos dramatúrgicos as possibilidades de ajustamento são ainda maiores do que em peças líricas ou narrativas, há razões para acreditar que, pelo menos na sua grande maioria, os autos que integram a edição de 1562 se encontram próximos do que Gil Vicente escreveu.

Sabemos, por outro lado, que a *Copilaçam* não é exaustiva. O *Auto da Festa*, por exemplo, não figura no livro, apenas tendo sido descoberto e editado no início do século XX. Um pouco antes (em 1898) tinham vindo já a público duas moralidades de autoria controversa: o *Auto de Deus Padre, Justiça e Miserdicórdia* e o *Auto da Geração Humana*. O facto de se tratar de peças anónimas mas atribuídas na própria didascália "a um famoso autor" fez com que alguns críticos as tivessem imediatamente atribuído a Gil Vicente. Pese embora a coincidência de alguns tópicos e de uma ou outra personagem, o estilo das obras em causa parece contraditar a atribuição a Gil Vicente. Nestes termos, a defesa da autoria vicentina pode ter partido da suposição (ingénua e insustentável) de que só um autor teria, na época, composto autos daquele tipo, o que não é manifestamente verdade.

Existe, por fim, a possibilidade de pelo menos um outro auto não integrar o livro de 1562. Refiro-me a uma peça provavelmente intitulada *Jubiléu de Amores*, feita e representada em Bruxelas (em finais de 1531) para celebrar o nascimento do infante D. Manuel, um dos filhos de D. João III e D. Catarina de Áustria. Tudo o que sabemos acerca dessa peça fortemente anticlerical resulta de uma carta indignada de um prelado que a ela assistiu, a convite do embaixador D. Pedro de Mascarenhas. Sabemos ainda que essa obra figura, com o mesmo título, num Índice proibitório de 1551. Pela descrição já assinalada, porém, é crível que possa tratar-se do *Auto da Feira*, eventualmente adaptado para a ocasião. A peça tinha sido antes vista em Portugal, talvez no Natal de 1527, ainda sob o impacto do saque de Roma, perpetrado em Maio do mesmo ano, pelos exércitos alemães do Imperador Carlos V.

3.2. *As fases*

Cronologicamente disposta ao longo de 35 anos de actividade contínua, a obra de Gil Vicente pode ser dividida em fases. António José Saraiva alude a uma primeira fase, identificável com a influência da dramaturgia salmantina, marcada pela presença dos pastores, do Natal e do dialeto saiaguês. Em geral, considera-se que esta fase se encerra com o *Auto da Fé* (1510). Entre 1510 e 1521 abrir-se-ia novo período mais marcado pela alegoria e pelo simbolismo, de alcance densamente doutrinal (*Alma* e *Barcas* à cabeça); finamente, de 1521 a 1536, consumar-se-ia o período em que prepondera a chamada "alegoria profana", envolvendo os divertimentos cortesãos (*Cortes de Júpiter, Apolo, Frágua*), as celebrações de natureza cósmica como *Quatro Tempos* ou *Inverno* ou ainda moralidades mitológicas como *Lusitânia*.

Em face das incertezas de datação que subsistem a propósito de alguns autos, será talvez preferível optar por um critério diferente. É essa a proposta de Paul Teyssier e J. Alves Osório, que demarcam a produção vicentina essencialmente em função dos reinados de D. Manuel (1502-1521) e de D. João III (1521--1536). Sob este ponto de vista, Osório considera mesmo que a *Copilaçam* se organiza de acordo com o modelo do *Cancioneiro*, envolvendo uma lógica e uma progressão intratextual. A fase manuelina caracterizar-se-ia, assim, pela predominância da vertente devocional enquanto na fase joanina prevaleceria a dimensão celebrativa e apologética.

Independentemente das virtualidades contidas em cada uma das propostas aqui resumidas, há que ter em conta alguns parâmetros de natureza histórico-cultural. O primeiro parâmetro deriva do facto de a dramaturgia vicentina evidenciar algumas inflexões importantes: lembremos a emergência das matrizes francesas (coincidindo com a representação da primeira farsa – *Quem Tem Farelos*, de 1506, que se afirma com a série conjugada de quatro moralidades (*Inferno*, 1516, *Alma e Purgatório*, 1518 e *Glória*, 1519); lembremos ainda, com especial ênfase, o aparecimento de uma determinada conceção de comédia, inspirada na doutrina e no exemplo de Torres Naharro: *Rubena*, a primeira peça concebida sob esse prisma, é de 1521, seguindo-se-lhe *Dom Duardos*, 1522, *Amadís de Gaula*, 1523, *Viúvo*, 1524 e *Divisa da Cidade de Coimbra*, 1527.

A par destes elementos, porém, há ainda que considerar que as fases que possam detetar-se na obra vicentina não obedecem propriamente a uma evolução linear, segundo a qual a adoção de uma nova orientação estética coincide exatamente com o abandono de uma outra. Mais do que um esquema linearmente evolutivo (que nos habituámos a detetar em outros escritores), o que existe em Gil Vicente é uma sobreposição de tendências, que não se anulam. Reparemos, concretamente, na persistência da inspiração pastoril, que se estende desde o *Monólogo* até pelo menos ao *Triunfo do Inverno* (1529); ou lembremo-nos da farsa, género que o autor começou a cultivar bem antes antes da comédia, mas que nunca viria a abandonar, até à curisosíssima fusão entre os dois géneros, que parece verificar-se na sua última peça (*Floresta de Enganos*).

4. As matrizes

Sabe-se que foi na noite de 7 para 8 de Junho de 1502 que tudo começou. Gil Vicente, ele próprio, surgiu no paço das Alcáçovas (situado no Castelo de S. Jorge, em Lisboa), em figura de vaqueiro, para saudar o nascimento do príncipe D. João. A celebração da família do Rei equivale ao louvor da família do Reino, no pressuposto desejável de que entre ambos se venha a estabelecer uma sintonia absoluta. Tudo o que num ou noutro plano não estiver bem constituirá uma disfunção geral: o que equivale a dizer que o desregramento dos súbditos afetará os interesses do soberano e vice--versa.

O monólogo laudatório que o pastor Gil Vicente ali profere pode ser tomado como ponto de partida de uma intensa actividade de escrita, encenação e representação, que viria a estender-se por mais três décadas e meia. O estilo pastoril, que adotou naquela noite há-de manter-se ao longo de praticamente toda a sua carreira. De forma exclusiva até cerca de 1506 e de forma intermitente a partir daí, levando a concluir que o autor delegou na figura do pastor uma autoridade especial. Para além do vaqueiro que celebra o nascimento do Rei no já citado *Monólogo* (ou *Auto da Visitação*), há que lembrar a voz destacada de Gil, o "pastor lletrudo" do *Auto Pastoril Castellano*, representado logo pelo Natal do mesmo ano. Este pastor, invulgarmente sensato e pensativo, parece decalcado dos evangelhos e distingue-se dos seus pares através da renúncia às paixões fúteis optando pela vida solitária e contemplativa. É ele quem ouve o chamamento do Anjo em noite de Natal. Não o poderiam ouvir os outros, com tanta nitidez, uma vez que se conservavam atentos aos ruídos da vida ligeira e prazerosa em que se gastam. Gil, pastor de pastores, conduz então os companheiros à gruta de Belém, para aí saudar a Virgem praticamente nos mesmos termos em que o Vaqueiro saudara D. Maria, poucos meses antes. Desta vez, porém, o pastor vai mais longe, esclarecendo os segredos da Redenção, para completo espanto de todos. De tal forma que Brás, um dos seus companheiros, se sente obrigado a dar-nos conta desse mesmo efeito:

> Quien te viere no dirá,
> Que nasciste en serrania. (I, 38)

Desta forma, podemos ver no pastor que se aproxima da Corte não só o súbdito fiel que se regozija com os dias felizes e as bênçãos da Providência mas também a voz esclarecida e vigilante que se faz portadora de múltiplos avisos, traduzidos numa catequese moral, contínua e coerente. Entre o amplo leque de figuras criadas por Gil Vicente, a voz mais identificável com o autor terá de ser, por isso, a do pastor, uma vez que, ao longo de toda a obra, só ela funciona como semimáscara, na longa e prestigiada tradição bucólica. Um dos traços que mais autoriza o pastor é, de resto, a sua coerência e fidelidade. Sob este ponto de vista, pode ver-se nele o reverso de muitas outras personagens que trocam facilmente de identidade: o escudeiro, exemplo típico do oportunismo e da duplicidade, o comerciante, marcado pela ambição desmedida ou ainda o vilão degenerado, que renega as suas origens para se aproximar do paço.

Remetida para uma subjetividade bem identificada, a obra vicentina ganha assim uma coesão insuspeitada. A este propósito, convém lembrar que é justamente por esta altura que nasce a ideia moderna de **autor**, plenamente afirmado na sua individualidade e no seu talento. Assim vai sucedendo designadamente nas iluminuras (encomendadas para uso privado), na música e na pintura flamenga, onde, pela primeira vez, para além dos traços de escola, surgem as marcas inconfundíveis do criador individual. A atenção, antes centrada nas coisas divinas, pressupunha o apagamento do criador humano. Ao longo de todo o século XV, porém, a emergência de temas e situações profanas, torna natural que o artista se revele, ele próprio, como responsável pelo seu trabalho. Saliente-se, aliás, que nada disto colocava em causa o primado de Deus; do que se tratava (e aí reside a novidade maior), era, tão-só, de conceber as realidades criadas como reflexo da bondade divina e de as dignificar através do processo de criação artística.

É neste contexto que deve ser analisada a obra de Gil Vicente: ainda em parte concebível como dando corpo e voz a uma perspetiva oficial; mas, deixando já adivinhar, por outro lado, marcas de uma orientação bem definida e de um temperamento inconfundível, no que diz respeito ao plano moral e ao plano artístico.

4.1. O *teatro espanhol*

O pastorilismo de Gil Vicente denuncia parte importante das suas matrizes diretas. Refiro-me sobretudo a Juan del Encina e Lucas Fernández, dois poetas e dramaturgos que, por finais do século XV e inícios do século XVI, desenvolveram a sua atividade artística na corte dos duques de Alba, perto de Salamanca. Em um e em outro, o autor português colheu, sem dúvida, o motivo da teatralização pastoril (chegando a imitar os nomes dos pastores leoneses) e ainda a sua ligação à circunstância do Natal. De facto, se no paço de Dom Fradique

Alvarez de Toledo (2º Duque de Alba), Juan del Encina e Lucas Fernández, em alternância e em concorrência, celebravam, ao mesmo tempo, a Sagrada Família e a corte dos Duques, na Corte de D. Manuel, Gil Vicente fazia também do Natal uma ocasião privilegiada para fazer suspender o tempo das discórdias e para proclamar o advento de uma ordem social e política toda feita de harmonias.

Num momento posterior, Vicente haveria ainda de acolher o magistério de um outro dramaturgo espanhol, o estremenho Torres Naharro, bom conhecedor dos meios artísticos italianos e autor de comédias celebrativas e fantasiosas. Parece revelador que só a partir da publicação da *Propalladia*, coletânea de comédias daquele autor espanhol (Nápoles, 1517) Gil Vicente se tenha aventurado nos terrenos ainda pouco explorados de um género, ao qual viria aliás a trazer contributos novos (Reckert, 1992).

4.2. *As trovas do Cancioneiro Geral*

Mas as matrizes do teatro vicentino (uma das questões que mais controvérsia tem originado entre os estudiosos) não se confinam ao filão espanhol. Para além desse âmbito, tem-se chamado a atenção para as afinidades existentes entre o teatro de Gil Vicente (as farsas, em particular) e uma série de diálogos faceciosos, da autoria de Anrique da Mota que surgem publicados no *Cancioneiro Geral*, de Garcia de Resende (1516). Todavia e apesar de algumas coincidências de tom, de tema e de técnicas de versificação, a morfologia do diálogo continuado e sem ação que se verifica em cinco desses textos (os mais invocados a tal respeito) pouco tem a ver com a intriga multivocal que sustenta as referidas farsas. Tomando como exemplo a impropriamente chamada "Farsa do alfaiate" (talvez o conjunto de trovas que mais pode fazer lembrar a dramaturgia vicentina), não poderemos deixar de ter em conta a ausência de ação (atributo essencial da farsa), desenvolvendo-se o discurso apenas em torno da lamentação do alfaiate Manuel, por causa de um cruzado que se lhe havia perdido. Mesmo quando existe diálogo (com o juiz, na cena final, por exemplo) a ação permanece ausente.

4.3. Os momos

Ainda que num plano de menor importância, há que referir o papel dos *momos*, encenação multissensorial de episódios cavaleirescos que, na Corte, acompanhava a celebração de acontecimentos importantes como o casamento de príncipes e infantes, a entrada dos Reis em cidades, etc. Basta ler com atenção peças como *Cortes de Júpiter*, *Templo de Apolo*, *Nau de Amores* ou *Frágua de Amor* para nos apercebermos de como nelas conta o efeito cenográfico e a teatralidade, centrada na música, na fantasia e nos jogos de adereços. Apesar de alguns indícios de contaminação, contudo, nenhuma das peças pode resumir-se a esse tipo de exibições cénico-teatrais, uma vez que, em cada uma delas, existe ainda uma desenvolvida dimensão retórica, que contrasta com a presença exígua que a palavra acaba por ter nos momos genuínos (aí se chamando justamente *breves*).

É assim na *Frágua de Amor*, representada por ocasião do casamento entre o rei D. João III e D. Catarina. O impacto principal do auto resulta do funcionamento, em cena, de um complexo maquinismo, transformando todos os desconcertos em harmonias. Mas o sentido satírico de Gil Vicente não está ausente da peça celebrativa: o homem negro, transformado em branco, não se liberta do linguajar que denuncia a sua origem; a Justiça, representada na figura de uma velha corcovada, de vara partida, vai deixando escapar as perdizes, que simbolizam a sua venalidade, etc. Deste modo, aquilo que passaria por ser apenas um divertimento palaciano transforma-se numa obra intencionalmente satírica, tendo, desde logo, como alvo, as aspirações insensatas. Aí se certifica, designadamente que não basta mudar as aparências para alterar as essências.

4.4. Temática religiosa e profana

Alguns estudiosos têm centrado a pesquisa das fontes no âmbito temático, fazendo notar a presença de alguns tópicos de carácter popular nas farsas (é o caso da mulher ardilosa que viaja às cavalitas do marido) ou a coincidência de motivos religiosos com correntes teológicas ou mesmo com algumas práticas litúrgicas. Assim se pode entender o *Auto da Alma* como ressonância das celebrações da Paixão, por exemplo. E, de facto, a analogia é evidente, com destaque para a última cena, em que, no termo de um longo discurso penitencial, se assiste a uma comunhão completa da Alma (alegoria da espécie humana).

No que toca aos temas profanos, tem-se sobretudo feito notar que o teatro de Gil Vicente é riquíssimo em cultura dita popular, acolhendo um vasto conjunto de provérbios, refletindo costumes, expedientes e hábitos da vida rústica. É bem provável, inclusivamente, que essa presença possa identificar-se com o ponto de vista privilegiado ao longo de toda a obra: o escritor de extração vilã, próximo da lógica natural. Essa tonalidade que, para os românticos, constituiu motivo acrescido de atração, representa, sem dúvida, uma das imagens de marca da arte vicentina, a reclamar ainda mais atenção por parte dos estudiosos, tendo em vista, sobretudo, aquilo que nesse lastro existe de estereotipado e o que nele existe de verdadeiramente testemunhal.

4.5. A iconologia

Embora a sugestividade plástica do teatro vicentino tivesse sido sempre sublinhada, só muito recentemente se começou a proceder a um rastreio sistemático de motivos iconológicos na arte de Gil Vicente. De facto, e embora se possa ler como livro, a *Copilaçam* é essencialmente um repositório de teatro, num período em que o fenómeno detinha uma dimensão sincrética, envolvendo a palavra e a imagem, sob variados modelos de combinação. Esse trabalho de pesquisa (que se vem devendo essencialmente ao esclarecido labor de João Nuno Alçada), pressupõe não só o conhecimento dos códigos de representacão simbólica em vigor como implica o conhecimento minudente das circunstâncias políticas e sociais que tantas vezes condicionavam a atividade dos artistas da época. Embora exista ainda um vasto campo a explorar, os resultados já alcançados para algumas peças, demonstram (sem surpresa, diga-se) que o teatro de Gil Vicente se encontra em sintonia com outro tipo de representação artística, de natureza simbólica. Deixando-se ler em planos imediatos, os textos encerram níveis de sentido menos acessíveis, que têm que ver com a teologia e a moral. Algumas destas circunstâncias apresentam-se ainda reconhecíveis; mas devemos admitir que outras escapam já ao nosso conhecimento, daí derivando algumas dúvidas de sentido, no que toca à determinação dos significados.

A este propósito, veja-se apenas o caso do *Templo d'Apolo*, representado em 1526, por ocasião do casamento da Infanta D. Isabel com o Imperador Carlos V: tido muitas vezes por uma espécie de devaneio (o Prólogo em que o Autor se declara saído de umas febres terá contribuído para esse entendimento redutor), a peça em causa é, contudo, suscetível de uma leitura bem mais profunda, envolvendo referências cristãs e pagãs de carácter literário, iconográfico e doutrinal, que confluem num programa de bom governo assente nas Honras do Imperador e nas Virtudes da Imperatriz (Alçada).

4.6. O teatro medieval europeu

Apesar da importância dos antecedentes que tenho vindo a referir, a matriz fundamental da dramaturgia vicentina é, sem dúvida, a grande tradição do teatro medieval europeu, em especial aquela que se desenvolveu no espaço francês entre 1400 e 1520. De facto, é nessa matriz que o autor português colhe não só um sem número de temas e de situações dramatúrgicas como, o que é mais relevante, é também dela que recebe a base genológica em que assenta grande parte da sua criação.

Essa circunstância foi notada, desde cedo, por alguns vicentistas (Gomes Monteiro, 1834, Georges le Gentil, 1939 e António José Saraiva, 1942) e não suscitou, até hoje, controvérsia de monta. Ainda assim, as implicações que daí resultam encontram-se por explorar em toda a sua extensão. É do teatro medieval francês que Gil Vicente extrai nomeadamente o conceito e o esquema formal da **farsa** e da **moralidade**, que conheceu e explorou, como ninguém, pelo menos no quadro da Península Ibérica. A mestria que revelou neste domínio justificaria inclusivamente que o dramaturgo português ocupasse lugar marcante em qualquer história do teatro europeu. Pode assim dizer-se que, mais do que um autor estritamente português ou ibérico (que também é), Gil Vicente deve ser apreciado como autor de dimensão europeia como antes dele, em Portugal e em Espanha, ninguém o havia sido.

Em virtude de preconceitos nacionalistas, envolvendo a Língua e a Cultura, nem sempre se tem sublinhado esta inclusão de Gil Vicente num espaço mais amplo. Como se a dimensão europeia pudesse fazer diminuir a vertente nacional que tanto nos habituámos a prezar. No último quarto de século, o interesse pelo teatro medieval tem vindo a aumentar consideravelmente, dando origem a Associações e Centros de Estudo de dimensão internacional. Esse interesse tem-se vindo a materializar na publicação de edições integrais (até há poucos anos havia apenas antologias e edições diplomáticas), para além de estudos esclarecedores, versando os contextos de produção e receção dos textos e dos espetáculos. Nesse sentido, e apesar de não existirem provas positivas ou documentais que atestem contactos directos entre o nosso autor e a atividade teatral europeia daquela época, as afinidades temáticas e formais revelam-se de tal forma impressionantes que a dimensão europeia da arte vicentina tem de ser encarada como uma evidência em si mesma.

Esta circunstância, de enorme significado histórico-cultural, repercute-se diretamente no próprio sentido dos textos. A leitura de uma peça como o *Auto da Barca do Inferno*, por exemplo, pode orientar-se num sentido bem diferente consoante esta coordenada venha ou não a ser tida em conta. Normalmente, o que se destaca na peça é a sua vertente testemunhal, admitindo-se que o dramaturgo mais não faz do que proceder a um inventário crítico e realista dos diferentes estratos da sociedade portuguesa da época. Basta, porém, ter em conta que o referido auto se integra no grupo das moralidades para que a interpretação venha a conhecer outros matizes. A esta nova luz, somos alertados para o facto de boa parte das personagens do auto serem comuns às moralidades europeias da época, o que lhes subtrai, desde logo, alguma representatividade específica. Lembre-se depois que, nas moralidades, a intenção didática se traduz na oposição entre o Bem e o Mal, ao contrário do que sucede nas farsas, onde, a este nível, as fronteiras se dissipam quase por completo. Nessa conformidade, a Condenação e a Salvação não constituem apenas o destino dos mortos; representam também (e sobretudo) um ensinamento sobre o que é o Bem e o que é o Mal, assumidos um e outro na sua dimensão sociohistórica: através do fidalgo Dom Anrique avisam-se os tiranos, na Alcoviteira denunciam-se os hipócritas, no Corregedor e no Procurador os comportamentos de corrupção, etc. Do mesmo modo, através do Parvo Joane, enaltece-se a coragem do despojamento e nos cavaleiros de Cristo faz-se a apologia das causas da Fé. Para além das ressonâncias sociopolíticas que possam existir na peça, está em causa, portanto, a observância de princípios que têm a ver com o género enquanto tal.

O mesmo sucede em *Feira*, onde o Diabo e o Anjo (este último acolitado pelo Tempo) representam também o Mal e o Bem. Após o intróito paródico de Mercúrio (a estrela do céu que desacredita a astrologia e a presunção dos homens), segue-se o desfile dos que acodem à feira montada em honra da Virgem, na noite de Natal. Cada personagem (Roma, os compadres, as comadres, os pastores) constitui uma microação em si mesma, desligada das restantes. Mas a introdução e a última cena induzem a uma leitura global, como se, afinal, estivéssemos perante uma série de pinturas de um mesmo retábulo: naquela noite está em apreço o estado do mundo, ali evocado através de uma sucessão de desconcertos. De alguma forma, o êxito do Diabo mercador sinaliza o Mal; o Bem emerge apenas na cena final, com a chegada dos pastores, que cantam e dançam em louvor da Virgem. Só eles dialogam verdadeiramente com o Anjo do Senhor, dele obtendo todas as informações de que necessitam para identificar o Paraíso.

Nesse sentido, ao contrário do que por vezes se tende para crer, a *Barca do Inferno* como o *Auto da Feira* não podem ser vistos apenas como retratos do Portugal da época. Ressalvadas algumas diferenças, as duas peças devem ser entendidas, sobretudo, como ilustrações do Bem e do Mal. E embora podendo ser interpretadas como aludindo à realidade portuguesa, o seu alcance deriva de uma base bem mais ampla e implica potencialidades de representação que se aplicam a toda a Cristandade.

5. Diversidade

Uma tão grande diversidade de matrizes acabaria necessariamente por originar uma grande pluralidade de temas, estilos e formas. Essa mesma diversidade viria, de resto, a constituir-se como uma das imagens de marca mais persistentes do teatro vicentino.

De facto, bem mais do que a coerência, o que costuma valorizar-se em Gil Vicente é a sua facilidade em ser plural, respondendo aos muitos estímulos que certamente terão assinalado a sua carreira (proteções mecenáticas, alterações de gosto e de pressupostos políticos, etc.).

5.1. *O bilinguismo*

Assinale-se, antes de mais, a pluralidade idiomática: apesar de ter escrito em Português a maior parte da sua obra (cerca de 2/3), Gil Vicente utilizou também bastante o Castelhano (o terço restante); numa determinada peça (*Auto da Fama*) fez ainda com que algumas das suas personagens falassem outras línguas, como o Francês ou o Italiano, numa demonstração de poliglotismo, que era também frequente no teatro medieval francês.

Muitas vezes se explica o bilinguismo de Gil Vicente pelo facto de a corte régia ser, ela própria, bilingue. Para além dessa explicação imediata, contudo, existem outras razões, de carácter estético, que fazem com que, por exemplo, o dramaturgo recorra ao Castelhano sempre que escreve comédias, ficando-se pelo Português quando escreve farsas, artisticamente menos cotadas. O mesmo sucede nas moralidades: nas *Barcas* (do Inferno e do Purgatório), recorre ao Português quando submete a julgamento sobretudo figuras de baixa condição; já quando se decide em trazer ao cais de embarque personagens de alto estado como o Papa, o Imperador ou o Rei, que faz dialogar com a Morte, o idioma é exclusivamente o Castelhano, significando nessa escolha, um claro intuito de elevação estilística (e talvez, também, o seu vínculo à tradição espanhola das *Danzas de la Muerte*). De facto, embora tendo-se constituído ao longo do século XV, por toda a Europa, como tradição iconográfica que figurava a Morte e o cortejo plurissocial das suas vítimas, a *Danza de la Muerte* viria a conhecer uma versão textual em castelhano, datável justamente do princípio do século XVI.

Nessa medida, para além de causas pontuais, a escolha de uma ou de outra língua é ditada por motivos artísticos. Parece significativo, nomeadamente, que o Castelhano se sobreponha ao Português: aquela língua detinha um prestígio literário firmado numa vasta tradição que integrava poemas épicos para além de formas dramáticas e líricas; o Português, por seu turno, encontrava-se ainda em fase de emancipação literária e cultural. Lembremo-nos de que as primeiras gramáticas do Português aparecem por esta altura (a de Fernão de Oliveira é de 1536 e a de João de Barros de 1540) e que *Os Lusíadas*, que constitui um marco decisivo nesse processo de consolidação, vir a lume apenas no ano de 1572.

Por vezes, o recurso a um ou a outro idioma dentro do mesmo auto serve também para caraterizar as diferentes personagens em cena. É designadamente o que sucede com os dois escudeiros amantes de Constança, no *Auto da Índia*: um castelhano (Juan de Zamora), arrebatado nos amores e nas palavras, acaba por ser preterido por um português (Lemos) mais calculista e menos exuberante nas suas pretensões e nos seus triunfos.

5.2. *Os géneros*

Um outro plano em que a diversidade se torna patente é o dos géneros. O sinal mais evidente de que o próprio Gil Vicente tinha uma consciência fundada do problema encontra-se na Carta-Prefácio do *D. Duardos* (datável de 1521 mas publicada apenas na lição de 1586) quando, para caraterizar a sua produção, alude expressamente às "farças comedias y moralidades" que tinha composto ao serviço de D. Leonor. Podemos captar um segundo sinal desta mesma consciência na divisão que é feita da própria *Copilaçam*. De facto, e embora os 5 livros em que a mesma se divide não correspondam a outros tantos géneros, é indesmentível o significado genológico de alguns deles (comédias, tragicomédias e farsas). Pode, é certo, duvidar-se da inteira responsabilidade de Gil Vicente em tal classificação; mas é evidente que ela não trai muito o que o próprio autor afirmara no referido texto prefacial.

Para além destes testemunhos quinhentistas, existem outras propostas de classificação, de espetro muito variável. Ainda assim, o critério mais seguro consiste em ter em conta os modelos que mais de perto inspiraram o autor. A essa mesma luz, encontramos diálogos pastoris (identificáveis com uma forma de *égloga*) e *momos* ampliados, onde o impacto visual e auditivo, se associa à retórica da celebração; deparamos ainda com a *farsa* e a *moralidade*, dois dos géneros que Gil Vicente cultivou com mais insistência; encontramos a *comédia*, porventura o género em que o dramaturgo português correu mais riscos e com o qual procurou reagir aos novos ventos que sopravam de Itália e que começavam a conquistar públicos mais exigentes. Podemos ainda falar do *mistério*, género que se encontra na base de um pequeno conjunto de autos como *Cananeia*, *Ressureição* e *História de Deus*. Num registo muito diferente, poderíamos ainda falar da *sottie*, género menos conhecido entre nós, de teor carnavalesco, a que Gil Vicente deu guarida (apenas por uma vez) no *Juiz da Beira*.

Desta forma se conclui que o dramaturgo português conheceu os grandes géneros do teatro europeu do seu tempo, deles tendo tirado vastas e importantes consequências estéticas. Deve ressalvar-se, em todo o caso, que, mais do que conjuntos de regras fixas, os géneros em apreço funcionavam, na época, como horizontes de criação flexível, tanto sob o ponto de vista temático como sob o ponto de vista morfológico. Assim sucede, por exemplo, com o *Auto da Índia* que, por detrás da sua atualidade testemunhal, não deixa de ser uma farsa canónica, com observância plena dos seus traços mais típicos: o número reduzido de personagens, a verosimilhança de situações, a centralidade do Engano e a mecânica do

Riso, que pode ou não volver-se em Sátira, dependendo isso essencialmente do horizonte e da sensibilidade do espetador ou do leitor. Se compararmos a referida peça com as "farsas conjugais" francesas, a única diferença (que não é sequer substancial) reside no facto de nestas o marido (quase sempre um negociante ganancioso) se ausentar para as grandes feiras europeias; enquanto, como se sabe, o marido de Constança embarca para as imediações do rio de Meca; depois de por lá ter sido obrigado a "pelejar" e a "roubar", regressa numa nau vistosa e bem provida de mercadorias. Na sua proverbial ingenuidade, nunca põe em causa o recato da mulher que, depois de o ter enganado por actos, o ludribia também por palavras, asseverando-lhe que não fez tudo o que afinal consumou.

Veja-se ainda o caso de *Inês Pereira*. Tida como a farsa mais trabalhada do autor, nela se verifica, desde logo, um invulgar desenvolvimento narrativo: Inês aparece-nos, no início, como uma rapariga do povo que aspira ao casamento, vendo nele uma forma de emancipação. Deseja obstinadamente um marido de maneiras corteses, que saiba cantar e dedilhar viola. Num primeiro momento, é vítima das suas próprias ilusões, sendo enganada por dois judeus casamenteiros que lhe vendem o produto por que tanto anseia: um Escudeiro hipócrita que a seduz com falas mansas para, logo após o casamento, se transformar em marido autoritário, subtraindo-lhe ironicamente a pouca liberdade de que desfrutava em solteira.

Se o enredo farsesco se concluísse neste ponto, estaríamos perante uma farsa simples (*monopolar*) que repoduziria apenas a história de um engano exemplar. Mas a história continua, dando azo a que a enganada se transforme, por sua vez, em enganadora. Depois de ficar viúva (o Escudeiro Brás da Mata morre em Marrocos onde tinha ido com o intuito de se fazer cavaleiro, deixando sua mulher "singela"), Inês aceita agora casar com um lavrador beirão (que antes recusara por lhe parecer "parvo"). Acima de tudo, o novo marido encarna, na perfeição, o papel de ingénuo, dispondo-se a cumprir todos os caprichos da mulher. A cena final é emblemática: Pero Marques, com sua mulher, atravessam um ribeiro; Inês tem encontro erótico marcado com um ermitão e, para que a água fria lhe não afete a fertilidade, o rústico carrega-a às costas, ao mesmo tempo que, dócil e ingenuamente, participa no refrão da cantiga entoada pela esposa, enfim realizada nos seus anseios de mulher: "marido cuco me levades (...) Assi se fazem as cousas".

Veja-se, por fim, o que ocorre com o *Juiz da Beira*, variação isolada do quadro da *sottie*. Aí comparece um *sot* (parvo) arvorado em Juiz, para julgar um pequeno conjunto de pendências. A cena da instalação do tribunal, embora comum neste tipo de peças, surge mais desenvolvida do que seria de esperar, nela se sublinhando bem a recusa do rústico em pactuar com a tentativa de assimilação de que é objecto. Ao preferir os adereços rústicos a que está habituado e ao orde-nar que sejam removidos todos os objetos da Corte, Pero Marques revela bem a intenção de fazer valer uma prática de justiça diferente daquela que prevalece no espaço palaciano. Essa intenção confirma-se, depois, através das sentenças que vai pronunciando e que contrariam diametralmente o que se encontra preceituado na Lei. A uma alcoviteira, que, de acordo com as leis constantes das *Ordenações*, deveria ser punida com açoites, manda que seja açoutada apenas se deixar de exercer tal actividade, julgada por útil pelo próprio magistrado ("bom é d'encaminhar o gato para o toucinho"). De igual modo e perante as acusações que recaem sobre um moço que desflorou uma rapariga num campo de trigo, reage com condescendência dilatória, mandando que se averi-gue, em primeiro lugar, se o acto foi ou não consentido; se o foi, a utilidade do que aconteceu é inquestionável. Também nesta peça, a cena final se revela de uma importância deci-siva: confrontado com a petição de quatro irmãos (Bailador, Amador, Preguiçoso e Brigoso), que reivindicam um burro que seu pai teria deixado por herança, o juiz manifesta o propósito de convocar o próprio asno para que venha pronunciar-se. Ora, a intervenção (direta ou indireta) de um burro não era coisa invulgar nas *sotties* francesas, como não era circunstância incomum na envolvência burlesca que suportava esse e outros géneros literários e teatrais. No caso vertente, porém, não pode ignorar-se uma vertente satírica particular: com essa decisão, o juiz mais não faz do que negar aos herdeiros o direito a tomarem posse do dito animal que, tendo servido como instrumento de trabalho ao pai, de nada valeria aos filhos, uma vez que, na sua ociosidade e fantasia, todos ilustram uma faceta negativa do Portugal novo e degenerado.

A única diferença em relação aos códigos franceses da *sottie* reside na circunstância de este juiz ser, ele próprio, uma entidade social que exerce os seus julgamentos perante figuras dotadas, elas próprias, desse tipo de representatividade: para além de parvo (*sot*), Pero Marques é, ele próprio, um lavrador beirão, de resto já conhecido do público por ter participado em *Inês Pereira*. Nessa medida, as suas sentenças, inspiradas na lógica da Natureza, podem ser vistas como forma de comentário burlesco (se não de resistência) em relação ao controle régio da justiça, representado nas "Ordenações" de D. Manuel (que tinham começado a ser publicadas em 1512). Para mais, o espetador é informado de que Pero Marques conhecia bem as Leis, que ouvira ler a sua mulher, pelo que a recusa em aplicá-las deixa de ser um mero capricho para ganhar significado de verdadeira contraposição.

5.3. O *estilo*

Um último plano em que a obra de Gil Vicente se revela diversa tem a ver com o estilo. Tomando a palavra em sentido amplo, não há dúvida de que a *Copilaçam* de Gil Vicente pode ser vista como um magnífico mostruário de estilos: nela encontramos, designadamente, segundo as funções dramáticas desempenhadas por cada uma, personagens que exaltam a

Natureza e a Divindade, que certificam a indigência humana, que galanteiam segundo os modos cortesãos, que adulam enganosamente, que exortam, que verberam ou invetivam, que adotam o tom da inocência ou da perfídia, etc, etc.

O poliglotismo dramatúrgico presente na obra de Gil Vicente (exaustivamente estudado por Paul Teyssier) faz dela um dos repositórios mais completos das duas principais línguas ibéricas, surpreendidas na sua vivacidade coloquial e na sua organização retórica. O estilo adequa-se, desde logo, aos diferentes géneros em presença: devidamente ornado nas comédias totalmente escritas em castelhano; coloquial e expedito na maioria das farsas; hierático em alguns passos do esplêndido mistério condensado que é o *Breve Sumário da História de Deus* ou da irrepetida moralidade teológico--doutrinal que é o *Auto da Alma*.

O estilo adequa-se ainda às diferentes personagens falantes, constituindo-se mesmo como um dos traços essenciais da sua tipificação. É legítimo, nesse sentido, falar-se de um estilo individualizador do Escudeiro, da Alcoviteira, do Vilão (do pastor, em particular) ou do Negro. Existe inclusivamente margem para individualizar estilisticamente algumas per-so-nagens em função do seu perfil etário: lembro os velhos ensandecidos de amores (o Fernandianes, do *Velho da Horta*, o Crasto Liberal de *Rubena* a Brásia Caiada, do *Triunfo de Inverno* a Filipa Pimenta, do *Auto da Festa* ou o Doutor Justiça Maior, de *Floresta de Enganos*); ou ainda as crianças pastoras que envolvem Cismena na segunda cena da *Rubena*. Trata-se aí, inclusivamente de uma cena rara, em toda a literatura portuguesa, envolvendo crianças de tenra idade (Cismeninha tem apenas 5 anos), divididas entre a necessidade de cuidar do gado e a pulsão lúdica, traduzida numa linguagem onde a inocência se combina com a necessidade de sobreviver.

Por último, o estilo varia em função das normas métricas adoptadas. Não se estranhará, nomeadamente, que o verso curto das farsas corresponda a um estilo incisivo enquanto os longos solilóquios das comédias ou as tiradas catequéticas de mistérios e moralidades pressupõem uma enorme variedade de metáforas e imagens.

Independentemente desta diversidade de planos, porém, é possível falar do **Estilo de Gil Vicente**. De tal forma assim é que, apesar do peso das marcas epocais e da plasticidade inerente à representação teatral, tem sido relativamente fácil distinguir entre peças genuinamente vicentinas e outras que obviamente o não são. Como sempre sucede com os autores extensos e intensos, porém, não é fácil delimitar esse mesmo Estilo. O facto de a obra de Gil Vicente se encontrar agora integralmente disponível em suporte informático, pode, no entanto, facilitar uma aproximação mais sólida a esta matéria.

6. Linhas de coerência

Admirada quase sempre pela sua diversidade, a obra de Gil Vicente tem sido muito menos valorizada pelas linhas de coerência em que assenta. Apesar de algumas tentativas de leitura antes levadas a cabo neste último sentido, tem prevalecido a ideia de que a *Copilaçam* é essencialmente uma adição de peças de índole muito diferente, elas próprias assinaladas por circunstâncias muito desiguais.

E, no entanto, por detrás desta real heterogeneidade, é possível (é talvez mesmo obrigatório) ver a obra de Gil Vicente como uma construção inteletual homogénea, assente em linhas de coerência e de coesão.

6.1. *A sátira*

O primeiro fator de coerência e de coesão é a própria figura do pastor. De facto, como tem vindo a sublinhar-se, é ele quem, desde o *Monólogo do Vaqueiro*, sinaliza as bases a partir das quais são emitidos juízos, de forma direta ou indireta, num tipo de manifestação que poderíamos designar como sendo de verdadeiro compromisso. Por referência a essa voz, estabelecem-se tónicas de desaprovação (ou de Sátira) e identificam-se linhas constantes de apologia. Os focos centrais da Sátira têm a ver com o Portugal comerciante e aburguesado, enlevado em miragens de boa vida; em contrapartida, os pontos apologéticos remetem para a tradição da honradez, da renúncia, do trabalho e da preservação de ideais colectivos. Neste contraponto, de resto, deve ver-se não apenas a causa de um só homem mas também a melancolia geral de uma certa aristocracia (de classe e de espírito) em relação às grandes transformações suscitadas pela Expansão.

É, por exemplo, em nome desta correlação que Gil Vicente concebe as *Barcas*, que desempenham na sua obra um papel central a vários níveis.

De facto, em *Inferno* e em *Purgatório*, são essencialmente condenados os presunçosos, os incumpridores dos deveres morais, os hipócritas e os sobranceiros; diretamente salvos são apenas os dois pares de cavaleiros que entregam a sua vida gratuitamente pela causa de fé. Os outros, os simples (pastores, regateira, lavrador e o próprio Parvo Joane) ficam a aguardar no Purgatório, uma vez que, embora não tendo cometido pecados graves, não possuem ainda os "bens guiantes" que os conduzirão ao Paraíso.

Na *Barca da Glória* a situação parece menos clara. Os grandes do mundo (incluindo o Papa, os cardeais, o Imperador e o Rei) são portadores de pecados graves e o seu estado, em lugar de funcionar como atenuante, constitui agravante de peso. Mas existem diferenças importantes em relação aos outros dois autos. Ao contrário do que sucede com os condenados das peças anteriores, as personagens deixam de ser alienadas. Pelo contrário: ao serem confrontadas com a própria Morte (personagem que surge apenas nesta última *Barca*), os grandes do mundo revelam-se conscientes da sua condição de pecadores, proferindo, em consequência disso, um longo discurso de arrependimento. De tal forma que, embora não tendo sido perdoados pelo Anjo, acabam por ser resgatadas pelo Cristo pascal, num desfecho que, apesar de ser doutrinalmente explicável, foi algumas vezes interpretado como revelador de contemporização por parte do autor. Bastaria, no entanto, pensarmos no que a Igreja ensinava (e ensina) sobre o poder infinito da Misericórdia divina para se compreender que o que está em causa naquela cena controversa é justamente a exaltação dessa mesma Misericórdia, que se sobrepõe a qualquer lógica de Salvação e de Condenação concebível pelos homens.

De uma forma geral, pode dizer-se que os principais focos de sátira que se estabelecem no teatro de Gil Vicente têm a ver com a ambição material, com as más práticas da justiça, com a subversão dos valores morais (sobretudo no que toca à família) e, num plano ainda mais abrangente, de todos os comportamentos tidos por artificiais ou descaraterizadores.

É assim que assistimos à penalização sistemática dos ambiciosos: o marido de Constança é, a este propósito, o caso mais lembrado mas poderíamos juntar-lhe o Brás da Mata, de *Inês Pereira*, que se foi a África fazer cavaleiro, acabando por ser morto à paulada por um simples pastor, o usurário da *Barca do Inferno*, que pensa poder comprar o acesso ao paraíso com o dinheiro extorquido em vida, os magistrados corruptos do mesmo auto, o Juiz da *Floresta de Enganos*, que troca favores judiciais por expetativas amorosas. Assistimos ainda à sátira acerada de todos os que se deixam enlevar na retórica artificial do amor cortesão, como o fidalgo Colopêndio de *Agravados* ou o clérigo de *Físicos*, prestes a entrar em agonia por causa da indiferença de uma moça. Deparamos com um assinalável conjunto de clérigos incumpridores, como o Frei Capacete, que, na *Barca do Inferno*, quer embarcar para o paraíso com a sua amante; ou ainda com o sacerdote do *Clérigo da Beira*, que esquecido dos seus deveres, vai à caça com o filho. Confrontamo-nos, por fim, com uma legião de descontentes com a sua condição social e os deveres e limitações que daí resultam: os vilãos que abandonam a terra de seus pais, em troca de miragens de promoção social (*Agravados*), os nobres que vivem acima das suas posses (*Almocreves*), não pagando aos servidores e os Escudeiros, que tudo fazem para escamotear as suas carências, alardeando uma prosperidade que não possuem (*Farelos, Juiz da Beira* ou *Inês Pereira*).

Uma ou outra vez, o foco da sátira chega a situar-se num plano mais abstrato. É nomeadamente o caso do *Auto da Festa*, em que a Verdade, escorraçada por todos, se acolhe à especial proteção de um senhor.

Um dos diagnósticos mais incisivos que recai sobre o desconcerto do mundo, em geral, encontra-se na *Romagem de Agravados*. O auto consiste justamente num desfile de queixosos perante uma figura alegórica (Frei Paço) que representa o poder civil e religioso. As queixas apresentadas traduzem sobretudo o desejo de exceder a sua condição: para além do frade que quer ser bispo, das regateiras que querem casamento fidalgo para uma sobrinha e de um vilão que pretende ver os filhos na Corte, surgem ainda duas freiras sicilianas que querem abandonar a clausura. E é da sua boca, quase no final da peça, que sai um diagnóstico taxativo. Pergunta uma delas (Dorosia):

> Por que há i tantos agravados
> Mais agora que soía?

E responde Domicília, a freira esclarecida:

> Porque nos tempos passados
> Todos eram compassados
> E ninguém se desmedia.
> Mas a presunção isenta
> Que creceu em demasia
> Criou tanta fantesia

> Que ninguém não se contenta
> Da maneira que soía.
> Tudo vai fora de termos.
> Deu o ar na recovagem. (II, 144-45)

A certificação de que os agravos das pessoas resultam da não observância dos limites da sua própria condição faz com que a sátira vicentina seja muitas vezes identificada com uma atitude reativa e conservadora, em face de uma realidade social que se revelava instável. Também, nessa medida, o zelo satírico deve associar-se ao serviço do Rei, a quem interessava o controle do descontentamento, das fantasias e das ambições insensatas.

6.2. *O Lirismo*

O contacto global com a obra de Gil Vicente deixa-nos a impressão de uma excecional abundância em discurso lírico. São muitos, desde logo, os trechos de romances, cantigas, vilancetes e outras formas de poesia tradicional que surgem na boca de personagens. Aproveitando essa circunstância, têm-se mesmo vindo a publicar, desde incícios do século XX, algumas antologias relativamente volumosas, contendo trechos líricos incrustados no teatro vicentino.

Antes de tudo, o discurso lírico constitui uma forma de caracterizar as ditas personagens, associando-as a uma determinada atitude mental. De facto, os pastores surgem, muitas vezes, como protagonistas deste tipo de discurso, sinalizando ocasiões festivas que podem ocorrer no meio ou no termo de um auto pastoril ou mesmo de uma moralidade político-social.

Nota-se ainda, por outro lado, que esse tipo de lirismo aparece muitas vezes associado à celebração do Natal. É designadamente o caso de três autos (*Feira*, *Sibila Cassandra* ou *Mofina Mendes*) assinalados, numa primeira parte, pela representação de vários tipos de desconcerto e, numa fase final, pela evocação do Presépio, servindo de resgate e de horizonte prospetivo. Na realidade, a voz dos simples que, no final de cada um destes três autos, celebram as virtudes da Virgem e o nascimento do Redentor parece funcionar como emanação de uma esperança intemporal, na mesma medida em que o Lirismo emerge como contraface da Sátira: esta surgindo vinculada à realidade negativa da presunção e do orgulho; aquele abrindo caminho a um ideal de harmonia centrado na humildade. Nessa medida, se pode dizer que o Natal surge em Gil Vicente (ainda mais do que nos seus predecessores Encina e Fernández) como circunstância lírica, por excelência, remetendo para uma suspensão do tempo e para um regresso aos valores essenciais da moral cristã. E não é seguramente por acaso que a defesa desses valores aparece cometida ao vilão, que, na sociedade portuguesa da época, funcionava como antítese perfeita do mercador ambicioso. Enquanto o primeiro funcionava como representante do Portugal agrário, regido pelos valores do trabalho e da modéstia, o segundo significava a ambição desmedida do lucro comercial.

Embora o fenómeno se torne mais nítido quando verificado no seio da mesma peça, a contraposição entre Sátira e Lirismo acaba por abranger a totalidade da obra vicentina. De facto, e apesar das muitas tónicas de diversidade que a assinalam, a *Copilaçam* é também um **livro** que assenta nestes dois grandes pilares estéticos. Nessa medida, se tomarmos a Sátira como forma de distanciamento crítico e o Lirismo como forma de aceitação ou mesmo de apologia, poderemos ter uma ideia dos valores defendidos pelo autor. Vimos antes como isso sucede com algumas vozes pastoris especialmente autorizadas. Poderemos ainda destacar outros registos de lirismo como o *penitencial*, o *suplicante* ou o *exortativo*. Quanto ao primeiro caso, lembremo-nos apenas da entrada da Alma na Igreja (*Auto da Alma*), no termo da disputa de que foi alvo pelo Anjo e pelo Diabo. Aí se dá voz a um dos trechos mais impressivos de todo o teatro vicentino, envolvendo a confissão dos erros e uma profunda consciência da condição humana. A propósito do lirismo em forma de súplica, lembremo-nos das preces finais dirigidas pelos condenados da *Barca da Glória*, que acabam por ser remidos, "in extremis". Evoquemos, por fim, no plano do lirismo exortativo, o romance que abre a *Barca do Purgatório*, colocado na boca dos Anjos ou os incitamentos propagandísticos de algumas figuras mitológicas na *Exortação da Guerra*, condenando o luxo, defendendo a singeleza e a consagração de recursos ao esforço de cruzada. Estes e outros exemplos que poderíamos ainda convocar traduzem um itinerário-tipo que comporta essencialmente três fases: a representação dos erros (ainda em forma de Sátira), o seu reconhecimento e confissão, a súplica e, por último, a propaganda de ideais.

A articulação e o equilíbrio entre estas duas vertentes constitui-se como dado perfeitamente compatível com o que antes foi dito acerca do enquadramento sociocultural do autor. Compreende-se perfeitamente, em boa verdade, que a sátira vicentina se centre nas disfunções que mais ameaçam a ordem moral e política; como se compreende, igualmente, que o lirismo se institua como proposta que visa restituir essa mesma ordem. A inexistência desse equilíbrio poderia levar-nos a apreciar o teatro de Gil Vicente de uma forma bem diferente. Se considerássemos cada uma destas componentes de forma isolada veríamos a sátira num plano de pura corrosão que teria no cómico o seu pilar principal; por outro lado, veríamos no lirismo um puro exercício de exibição artística. Avaliando, contudo, o peso de uma e de outra vertente e considerando, sobretudo, os efeitos que resultam do seu equilíbrio global, somos induzidos a um outro tipo de leitura, que atribui a cada uma dessas duas componentes não apenas um peso específico mas uma importância relacional.

7. O público

Enquanto artista de corte, Gil Vicente escreveu e encenou os seus autos tendo em vista o público cortesão. Como se tem vindo a dizer, essa circunstância está longe de ser acidental, acabando por ter influência na própria configuração dos textos e dos espectáculos que neles se baseavam. Na medida em que surge dotada de uma forte vertente moralizante, a obra do dramaturgo visava directamente as instâncias do poder. No mesmo sentido se devem entender todas as redundâncias, nexos e complementaridades em que a *Copilaçam* é fértil, como se se tratasse de um livro único, integrando capítulos de tonalidade diferenciada. De tal forma que as "obras de devaçam" muito ganham em ser lidas em conexão com as farsas e vice-versa, por exemplo.

Há assim personagens-tipo que se repetem, situações dramatúrgicas que se reproduzem e ampliam, temas que regressam com significativa regularidade. O facto de Gil Vicente escrever na Corte e para a Corte pode, no entanto, causar alguma surpresa. Quem tem da corte quinhentista uma imagem de elite requintada e culta, pode espantar-se, por exemplo, com a frequência com que o dramaturgo recorre à farsa, enquanto género "chocarreiro", centrado no ardil, nos instintos e até na sugestão obscena. Por outro lado, as personagens farsescas são, por sistema, tipos populares, supostamente pouco familiares aos cortesãos. É necessário lembrar, todavia, que, à época, ainda não era clara a clivagem entre **corte** e **povo** ou sequer entre **cultura popular** e **cultura de elites**. Pelo contrário: para o homem de corte, o vilão não tinha apenas existência literária. Fazia parte integrante da paisagem ur-bana; a própria cultura dita "popular" integrava o horizonte de referência dos palacianos, tão apegados a géneros literário-musicais de extracção popular como o vilancete, a cantiga ou a esparsa. Para além de uma enorme variedade de temas e formas poéticas, atesta-o o culto de certas composições musicais de ambiência vilã portuguesa (como a folia e a borrega) e europeia (como o tordião, a baixa ou a chacota).

Esse efeito de caldeamento explica também o facto de o talento de Gil Vicente ter ultrapassado, com facilidade, os limites da corte, entrando nos circuitos populares. Mesmo já no século XVI e ainda em vida de Gil Vicente, existem dados seguros acerca da divulgação da obra vicentina fora dos muros do palácio, quer através da impressão quer através da representação cénica. Basta atentarmos no facto de alguns autos figurarem já na *Copilaçam* renomeados pelo povo (v.g. *Mofina Mendes*, inicialmente designado por *Mistérios da Virgem*). Ao longo do século XVIII viria a verificar-se a impressão de algumas dezenas de folhetos avulsos, com destaque para as duas primeiras *Barcas*, *Inês Pereira* ou *Juiz da Beira*.

Parece inclusivamente sintomático que, a partir do século XVII, a obra de Gil Vicente tenha beneficiado de um impacto apreciável nos meios populares, acabando por ser destronada junto das elites letradas por peças de gosto clássico e italiano ou mesmo pelo repertório estrangeiro (espanhol, italiano e francês) que, em grande parte, foi tomando conta da cena portuguesa, pelo menos até meados do século XIX.

Com a edição de 1834 (repetida em Paris, logo em 1843), inaugura-se um novo período de fortuna da obra vicentina, reconduzida à honra dos prelos e da cena e também, pela primeira vez, ao conhecimento dos alunos dos Liceus, que haviam sido criados criados em 1836.

Em 1852, haveria de vir a lume outra edição completa (sob responsabilidade de Mendes Leal), seguindo-se a do Professor Mendes dos Remédios, em 1906, esta de feição mais academica, apresentando, pela primeira vez, um glossário e um apêndice de trinta páginas, com textos líricos. A partir de então, Gil Vicente haveria de converter-se em "autor escolar", dado a conhecer como objeto de estudo e investigação. De tal modo que, para o espetador português dos nossos dias, o visionamento de espetáculos de base vicentina se transformou em processo de reconhecimento e rememoração.

8. Gil Vicente na literatura e na cultura portuguesas

8.1. *Do século XVI aos nossos dias*

Sem precedentes diretos na literatura portuguesa, Gil Vicente não teve também descendentes visíveis e confessos. Nessa medida, a existência de outros dramaturgos coevos ou um pouco mais novos não é suficiente para atestar a existência de uma verdadeira Escola Vicentina, com tudo o que isso implica em termos de magistério e de discipulato.

A arte de Gil Vicente constui, ela própria, o epílogo de uma tradição transidiomática, que vinha do século XIV e que se encontrava já em fase de dissolução no espaço europeu. Se as principais matrizes da arte vicentina se encontram fora do espaço português, os seus ecos situam-se igualmente para além do espaço e do idioma português. Com efeito, mais do que em Afonso Álvares, Baltazar Dias ou António Ribeiro, o "Chiado" (os nomes mais conhecidos da impropriamente chamada "escola vicentina") o rasto de Gil Vicente acaba por ser mais perceptível em Espanha do que em Portugal. São várias, de resto, as circunstâncias que favorecem tal facto: para além de, como vimos, algumas das suas matrizes se situarem nesse mesmo espaço cultural, há que ter em conta a frequência com que, na sua obra, ocorre o ponto de vista peninsular. Quem ler, por exemplo, o "Argumento" da *Frágua de Amor*, destinado a celebrar o casamento de D. Catarina e D. João, lá encontra o elogio conjunto das duas monarquias; do mesmo modo, a sátira ao papado, no *Auto da Feira*, representado na Corte de D. João III, no rescaldo imediato do saque de Roma, pode ser entendido como adesão à tese providencialista e desculpabilizante que também vigorava na Corte de Carlos V, cunhado do monarca português e responsável último pelas afrontas ao papa.

A pertença de Gil Vicente à série da cultura ibérica, por um lado faz com que a sua fortuna nas letras castelhanas dos séculos XVI e XVII deva ser encarada como normal. Para além das traduções e adaptações de alguns dos seus autos (a *Tragicomedia alegórica del Parayso y del Infierno*, adaptação da primeira *Barca* vicentina, publicada em Burgos, em 1539, é apenas um exemplo), o seu rasto vai perdurar nos "autos sacramentales" que, em alguns casos, parecem visivelmente inspirados nas moralidades vicentinas, atingindo depois o seu cume na arte de Lope de Vega. O sentido da inanidade da vida humana que está na base do *Auto da Alma* e do *Breve Sumário da História de Deus* pode ser encarado numa linha percursora de peças como *La vida es sueno* e *El gran teatro del Mundo*, expoentes máximos da mundividência barroca, em grande parte alicerçada no teatro, como fenómeno e como modelo de leitura do mundo.

Mas se a fortuna de Gil Vicente não se revelou particularmente fecunda em território português, isso não significa que a figura do autor não tenha desfrutado de uma influência assinalável a outros níveis.

O primeiro sinal dessa influência é, sem dúvida, a própria edição das *Obras* do autor, consumada em 1562, por iniciativa e zelo de seus filhos Paula e Luís Vicente. Independentemente da quota parte de responsabilidade que o próprio autor possa ter tido na preparação das suas obras, a verdade é que, em Portugal, a publicação integral de obras profanas não era ainda muito comum. Só com o final do século, o fenómeno começa a fazer-se notar com a edição das *Rimas Várias ao Bom Jesus*, de Diogo Bernardes (1594) da obra de Sá de Miranda e das *Rhytmas* de Camões (1595) ou dos *Poemas Lusitanos*, de António Ferreira (1598). Antes dessas duas datas, a *Copilaçam* vira já a luz por duas vezes: uma em 1562, escassos 26 anos após a morte do seu autor e outra em 1586. A primeira, contém uma dedicatória ao Rei D, João III, cuja autenticidade não tem sido objecto de dúvidas. É certo que, 70 anos antes (em 1492), Juan del Encina tinha feito publicar o seu *Cancionero*, reunindo composições líricas e dramáticas; Lucas Fernández, por sua vez, tinha conseguido imprimir as suas *Farsas, quasi come-*

dias... em 1514. Mas, no quadro peninsular, e considerando a extensão e a variedade da obra produzida e publicada, nenhum deles pode comparar-se a Gil Vicente.

O relativo eclipse que as *Obras* conheceram até ao século XVIII não impediu que tivessem sido empreendidas algumas tentativas de canonização. Para além do testemunho de Garcia de Resende na célebre estrofe 186 da *Miscelânea* (acima transcrita), dispomos do encómio de André de Resende (no poema latino *Genethliacon principis Luisitani*, publicado em 1533) que lamenta o facto de Gil Vicente não ter escrito em Latim. A ligação a Plauto e a Terêncio (referências cimeiras da comédia em Latim) surge no século XVIII. A ele alude concretamente Barbosa Machado, na *Bibliotheca Lusitana*, fazendo-se, ao mesmo tempo, eco do aplauso humanista de Erasmo de Roterdão, que supostamente teria aprendido Português só para "penetrar as agudezas que estavao ocultas em as obras de Gil Vicente", confessando depois que "nenhum Poeta mais exactamente como elle imitara o estilo de Plauto e de Terêncio". Já no século XVIII a ele aludirá Correia Garção, no remate de uma comédia intitulada *Theatro Novo*: Aprígio Fafes, a voz que mais defende a renovação da actividade teatral a partir dos modelos nacionais proclama:

> Inda o fado não quer, inda não chega
> A época feliz e suspirada
> De lançar do Teatro alheias Musas
> De restaurar a cena portuguesa.
> Vós manes de Ferreira e de Miranda
> E tu, ó Gil Vicente, a quem as Musas
> Embalaram o berço e te gravarão
> Na honrada campa o nome de Terêncio
> Esperae, esperae, qu'inda vingados
> E soltos vos vereis do esquecimento [2].

---

[2] Cf. *Obras Completas* de Correia Garção, texto fixado, prefácio

A mesma visão classicizante (embora já romanticamente matizada) subsiste ainda em Gomes Monteiro, autor do "Ensaio sobre a vida e os escritos de Gil Vicente", que precede a edição de Hamburgo:

> Assim lançado o fundamento do nosso theatro por um engenho tão superior, estava aberta a estrada para que seus sucessores, corrigindo progressivamente os inevitáveis defeitos do seculo e da novidade, e aproveitando o muito que ahi havia approveitar, levantassem o edifício de um Theatro nacional. E com effeito alguns parecêrão que seguirão as pisadas de Gil Vicente [...] Também a eschola clássica appareceo então em Portugal representada por dous grandes poetas, Sá de Miranda e o Doutor António Ferreira: mas estes com um limitadíssimo numero de producções, e alem disso demasiado preocupados da douta Antiguidade, não puderão exercer considerável influencia sôbre este ramo da liiteratura. Oxalá Gil Vicente tivesse apparecido depois de todos elles; seria elle o reformador do nosso theatro, e verdadeiramente o nosso Plauto" (p. XXXIV).

O Romantismo reinventou Gil Vicente, revalorizando a sua dimensão popular. Não surpreende nomeadamente que Garrett o tenha tomado para patrono da sua dramaturgia, a ponto de o ter feito figurar como personagem num dos seus autos (*Um Auto de Gil Vicente*); o Republicanismo (Teófilo Braga, em particular) fez avultar a crítica anticlerical, fazendo dele um adversário desassombrado da hierarquia católica e dos efeitos perversos que os seus desmandos teriam causado à nação. Por sua vez, o nacionalismo do Estado Novo conferiu particular destaque à vertente moralizante do seu teatro, sem deixar de envolver a celebração do "cruzadismo lusitano". Com a terceira República, por sua vez, foi muito valorizada a

---

e notas de António José Saraiva, Lisboa, Livraria Sá da Costa, 1958, vol. II ("Prosas e Teatro"), pp. 38-39.

sátira da expansão asiática, nomeadamente a que se vislumbra no *Auto da Índia*, muitas vezes reduzida ao papel de contraface d' *Os Lusíadas*.

8.2. As efemérides

Um dos sinais mais reveladores da fortuna social e estética de um escritor é, sem dúvida, constituído pelas efemérides que lhe dizem respeito. Assim acontece também com Gil Vicente que, ao longo do último século, foi objeto de várias celebrações. Em 1902 assinalaram-se os 400 anos do *Monólogo do Vaqueiro*, em 1937 o 4º centenário da sua morte, em 1965 o 4º Centenário do seu nascimento; mais recentemente (2002) foi altura de assinalar os 500 anos do *Monólogo*. O mínimo que pode dizer-se é que, em qualquer dessas ocasiões a fortuna de Gil Vicente deu sinais de apreciável vitalidade. Em 1965, por exemplo, foi designada uma Comissão Nacional encarregada de promover e coordenar um vastíssimo conjunto de iniciativas, com a participação de escolas dos diferentes graus de ensino: houve Colóquios, Concursos, Exposições, espetáculos vicentinos um pouco por todo o país (também no Brasil, Angola e Moçambique); chegou inclusivamente a constituir-se um núcleo de académicos com o objectivo de levar a cabo uma edição crítica da obra.

Em 2002, embora sem a existência de uma Comissão Nacional e sem meios diretamente afetados pelo Estado, verificaram-se algumas iniciativas de muito interesse, com uma nova edição integral, compreendendo os autos que figuraram em todas as edições quinhentistas (globais e parciais) e com o aparecimento de um CD-Rom que inclui não apenas os textos, em si mesmos, mas também remissões vocabulares e temáticas, reconstituições figurativas e musicais, etc. Os meios académicos, em Portugal e no Brasil, promoveram Colóquios e Congressos e os espetáculos vicentinos voltaram em força aos palcos portugueses. Ainda que sem o brilho das comemorações de 1965 (por força do alheamento dos poderes públicos), pode dizer-se que as atividades de 2002 constituiram mais um teste positivo à força da obra vicentina.

9. Gil Vicente na Escola

Em face dos pressupostos já enunciados, não surpreende que Gil Vicente tenha sempre feito parte do cânone literário escolar. Basta percorrer os Programas e as antologias ou atentar no considerável número de edições escolares que eram publicadas até à década de 70 para aquilatar da presença do autor no quotidiano dos alunos, a pouca distância de Camões e em plano superior ao de António Vieira ou Eça de Queirós, por exemplo. Assim, no Programa de 1948, Gil Vicente aparecia nos 6º e 7º anos, com 20 aulas previstas e um conjunto de leituras que tocavam diretamente 15 autos "além de excertos dos primeiros autos pastoris, para a ideia da origem e evolução da arte vicentina". O Programa de 1954, já só fala de 15 lições, o que, ainda assim, representa cerca de quinze por cento do total das aulas previstas na disciplina de Português. Basta uma contabilidade rápida para se concluir que, em termos de hierarquia literária, Gil Vicente só era ultrapassado por Camões. De resto, é significativo que ambos sejam sistematicamente apresentados na Escola como "intérpretes, em planos diversos, de uma época da vida da nação" (Programa de 1936). A progressiva redução dos conteúdos literários que entrctanto se foi verificando afetou também a obra de Gil Vicente que, de 8 a 10 autos (teoricamente estudados no âmbito das Letras, até ao início da década de 80) se viu reduzida a dois ou três autos no Ensino Secundário e a um no Ensino Básico.

Hoje em dia, a generalidade dos alunos do Ensino Secundário que cursam o Português A apenas tem contacto com um auto. Antes disso, os alunos do 9º ano, estudam a *Barca do Inferno*, que são invariavelmente induzidos a tomar como testemunho crítico da chamada "sociedade dos Descobrimentos". Através desse mesmo texto, e sempre na perspetiva de provar a sua "atualidade" estabelecem-se, por vezes, transposições anacrónicas, fazendo do usurário o banqueiro que empreende OPAS hostis e do fidalgo Dom Anrique o ricaço que goza a vida, ignorando a sorte dos pobres. Sublinhando embora a excecional resistência de Gil Vicente no seio das batalhas do currículo, não pode deixar de notar-se que as orientações didáticas que ainda prevalecem se mantêm alheias a grande parte da investigação vicentina mais recente. Sobram os lugares-comuns ("artista cómico", "retratista da sociedade dos Descobrimentos", etc.) e falta, sobretudo, tirar partido da perspetiva estética, incluindo nesta a dimensão histórico-cultural dos textos e também a sua especificidade retórica. A este propósito, bastaria, talvez, conferir o devido realce ao quadro genológico que inspira a criação vicentina. Como vimos já, estudar certos textos como puros documentos sociológicos ou avaliá-los como ilustrações de géneros historicamente condicionados, conduz a resultados bem diferentes, também no plano pedagógico. Algumas vezes, ainda, as peças de Gil Vicente são pretexto feliz para exercícios de teatro por parte dos alunos, dando então azo a um outro tipo de apropriação, seguramente proveitoso e duradouro.

Seja como for, é indesmentível que Gil Vicente vem resistindo (bem melhor do que outros autores) à vaga de despatrimonialização que vem assolando os Programas de Português. Tanto mais que se trata de um autor que não é contemporâneo, colocando problemas de leitura, desde o plano da Língua ao plano da representação mental, tão afastado dos quadros que prevalecem nos nossos dias.

10. Gil Vicente nos palcos

Tudo quanto fica dito a propósito de Gil Vicente bastaria para se compreender a presença privilegiada que o autor vem tendo nos palcos portugueses, sobretudo do século XIX para cá. Mas, a este propósito, é necessário lembrar o seu relativo desacompanhamento, em termos de teatro português propriamente dito. Na verdade, tratando-se de um autor rico e diverso, Gil Vicente ocupa nos repertórios portugueses um papel acrescido, dada a relativa escassez da nossa dramaturgia antiga, moderna e contemporânea.

Compreende-se ainda, de igual modo, que a fortuna teatral de Gil Vicente acompanhe muito de perto a sua fortuna literária. Assim e depois de terem brilhado nos palácios de D. Manuel e de D. João III, os autos vicentinos entram num período de relativo ocaso: ainda seletivamente representados até finais de Quinhentos, em meios áulicos e populares, acabariam por cair em relativo esquecimento ao longo dos séculos XVII e XVIII. Não que o teatro, enquanto fenómeno, tenha perdido força. Mas é o tempo da influência estrangeira (espanhola primeiro e italiana depois) a sobrepor-se à tradição nacional. Ainda assim, a notícia de edições avulsas dessa época pode dar-nos uma ideia do Gil Vicente que era lido e (muito provavelmente) representado: a primeira *Barca*, *o Juiz da Beira*, *Inês Pereira*, contam-se entre os que tiveram mais edições (nada fiéis, muitas vezes, porquanto consignavam adaptações de circunstância e anacronismos tidos por convenientes).

Com o século XIX, já se sabe, e com a edição de Hamburgo, em particular, veio o renascimento da aura vicentina e recrudesceu, também naturalmente, a sua presença nos palcos portugueses. Para além da redescoberta dos textos, em si mesmos, há que lembrar a nova importância assumida pelo teatro na convivialidade burguesa e na transmissão e propaganda dos valores cívicos e patrimoniais. Desde então, essa presença tem-se mantido ativa até aos nossos dias, com altos e baixos.

Os momentos altos coincidem sempre com a celebração de efemérides. Ainda recentemente os 500 anos do monólogo tiveram o condão de devolver aos palcos um bom conjunto de peças vicentinas com destaque para as cidades de Lisboa, Porto, Coimbra e Évora. Foram muitas as companhias, os actores e encenadores que, ao longo dos tempos, deram corpo e voz aos textos de Gil Vicente, a nível profissional e também em termos de amadores. De entre os primeiros e para só citar trabalhos recentes cumpre mencionar a Cornucópia e a Barraca (ambas de Lisboa), o Cendrev (Évora) e A Escola da Noite (Coimbra). Ficaram designadamente na retina dos que a eles puderam assistir alguns espetáculos invulgares todos realizados nas imediações de 2002: a *Tragicomédia de Dom Duardos* (em tradução para português de Margarida Vieira Mendes e Mário Barradas) levada à cena por Ricardo Pais, em 1996, no Teatro Nacional de São João, o *Pranto de Maria Parda*, encenado em Coimbra pela Escola da Noite, em 1998, por António Augusto Barros, a esplendorosa realização das *Barcas* (primeiro encenadas no Teatro Nacional de S. João, em 2000, por Giorgio Corsetti e depois transpostas para o Teatro Nacional D. Maria II, em 2002, com afeiçoamento de João Grosso, que aí assinou também uma portentosa interpretação do Diabo; *Amor/Enganos*, com base na *Frágua de Amor* e na *Floresta de Enganos*, apresentada pelo Teatro do Bairro Alto, com encenação de Luís Miguel Cintra (2000), ou o *Auto da Alma*, levado à cena em Tomar, Coimbra e Lisboa, em 2002, pelo Teatro da Comuna e pelo Canto Firme de Tomar, com encenação de João Mota, envolvendo um majestoso e sugestivo aparato musical.

De entre os meios não profissionais, é obrigatório lembrar a velha afeição a Gil Vicente em tempos demonstrada pelo Teatro dos Estudantes da Universidade de Coimbra (TEUC) que, sob a direção competente, esclarecida e arrojada de Paulo Quintela, levou o autor das *Barcas* a muitos lugares pequenos do país e de África, ao longo das décadas de 50 e de 60 do século passado.

Como é compreensível, e para além dos meios investidos ou do alinhamento estético-teatral dos protagonistas envolvidos, as representações refletem visões diferentes dos textos de Gil Vicente, em termos de compreensão geral. Reflectem, inclusivamente, conceções divergentes do que possa ser a plurivocalidade teatral que suporta os autos vicentinos. Como é inevitável, surgem diferentes maneiras de recriar a farsa ou a moralidade; existem, por outro lado, versões muito diferenciadas de personagens-tipo como o Velho, o Escudeiro, a Alcoviteira ou o Cavaleiro. Mais perto do que se pensa ter sido a própria base vicentina ou mais afastada e actualista, mais convencionais ou mais experimentais, as leituras cénicas que têm vindo a ser feitas nos últimos anos confirmam a excecional plasticidade dos textos vicentinos e demonstram que, para além de constituirem peças literárias da melhor qualidade que pode encontrar-se nas línguas portuguesa e castelhana, os autos de Gil Vicente são densamente teatrais: de uma densidade que, embora situada no seu tempo, sobrevive bem para além dele.

11. O cânone e os lugares-comuns

Enquanto autor central do cânone desde o tempo em que ambos se constituiram, Gil Vicente tem beneficiado de uma atenção privilegiada, tendo sido objeto de um número assinalável de edições parciais e de uma quantidade de estudos que, na Literatura Portuguesa, talvez só seja ultrapassada pela que tem sido dedicada a Camões. Mesmo hoje, e a avaliar pela Bibliografia (praticamente exaustiva) que vem sendo publicada por um professor americano (Constantin C. Stathatos), a obra do dramaturgo português vem suscitando uma média de 150 novos estudos cada ano, vindos a lume sobretudo em Portugal, no Brasil e em Espanha.

A circunstância de o dramaturgo se situar no centro do cânone literário escolar, porém, não se traduz apenas num acréscimo de divulgação e estudo qualificado. À semelhança do que sucede com outros autores que ocupam posição idêntica, Gil Vicente tem vindo a ser objeto de leituras simplificadoras, acentuando um conjunto de tópicos caraterizadores que têm tido largo acolhimento nos manuais escolares. Ora, se tivermos em consideração que a maioria dos leitores de Gil Vicente se fica por esses mesmos manuais, fácil se torna compreender a ampla circulação dos lugares-comuns. Na maior parte dos casos, trata-se de ideias difíceis de contrariar, porquanto não sendo inteiramente falsas, contêm, em si mesmas, em enorme potencial de sedução.

Vale a pena, ainda assim, submeter a prova algumas delas, visando obter, pelo menos, algum efeito de matização.

11.1. O *autor cómico*

Um dos tópicos mais assíduos na crítica vicentina é o de que estamos perante um autor cómico. A invulgar aceitação desse mesmo tópico dever-se-á, em primeiro lugar, ao impacto da comicidade, em si mesma, levando muitas vezes a que, de uma peça inteira, o espectador ou o leitor retenha apenas o excerto que lhe suscitou o riso; esse mesmo efeito deve-se, depois, ao facto de a obra de Gil Vicente ser, muitas vezes, objeto de apreciações pontuais, partindo da leitura de um pequeno número de autos e, dentro destes, de pequenos passos tidos por mais impressivos; este tipo de apreciação resulta também, algumas vezes, do próprio rumo da encenação que pode tornar risíveis passos que, na sua génese, se encontram longe deste registo. Estou em crer, por último, que a tendência para valorizar a vertente cómica em Gil Vicente se deve à escassez de cómico na Literatura Portuguesa de qualquer época.

Explicados os motivos da aceitação deste lugar-comum, importa perguntar: é Gil Vicente um "autor cómico"? Dificilmente se pode responder pela afirmativa. Em boa verdade, as tónicas estéticas que mais subordinam a generalidade da obra vicentina (a Sátira e o Lirismo) não são compatíveis com o Cómico, enquanto princípio geral e subordinante. Mesmo quando o riso parece tomar conta da cena há que atentar nos pressupostos em que este assenta, identificando designadamente os respetivos agente e objecto. É o que sucede n'*O Juiz da Beira*, onde, como já vimos, o vilão Pero Marques começa por ser objeto de riso (por parte da Corte) para se ir gradualmente transformando em agente de riso, passando da posição de inferioridade em que se situa no início para o plano de inferioridade em que se situa no final. A esse propósito, lembremo-nos da maneira como sai de cena, cantando e dançando em honra das pastoras de Sintra e manifestando o propósito de ir comer.

Isto significa, na prática, que não existe nenhum auto vicentino que possa ser considerado globalmente cómico. Mais cedo ou mais tarde, a Sátira acaba por interpor-se, secundarizando o riso. E embora este possa perfeitamente estar ao serviço da Sátira, há que ter em conta que esta nunca se confina aos seus limites. A distância que medeia entre o cómico e a sátira equivale, afinal, à que se verifica entre o puro divertimento e a consequente moralização. E não há dúvida de que, analisando globalmente as obras do autor, só poderemos concluir pelo largo predomínio da segunda vertente.

11.2. *O retratista da sociedade dos Descobrimentos*

A ideia de que Gil Vicente é testemunha e retratista da sociedade portuguesa do seu tempo assentou arraiais, desde muito cedo, na nossa história literária e cultural. E isso é muito compreensível. Tendo o autor vivido esse mesmo período, pode pensar-se que ele nos dá uma visão realista e tendencialmente fiel da sua própria experiência.

A investigação histórica, porém, tem revelado que existe uma distância considerável entre a matéria que Gil Vicente incorpora nos seus autos e o que é possível reconstituir por outras vias. Isto para não falar do facto de os tipos vicentinos – tantas vezes tomados por castiçamente portugueses, derivarem, em boa parte, das matrizes do teatro medieval europeu.

Nessa medida, e embora sem menosprezar a existência de um substrato realista em certos autos, é exagerado ver neles a reposição fotográfica de toda uma época, captada nos seus diversos matizes demográficos e sociomentais. E mesmo que esse compromisso não assuma a forma de retrato (será talvez mais a de caricatura), acaba por se revelar interessante aos olhos do historiador. A questão está em que este se habitue a tomar essa informação pelo que ela efectivamente é: arte e não apenas crónica.

Assim sendo, deveríamos talvez assentar na ideia de que o Portugal do primeiro terço do século XX ecoa naturalmente nos autos de Gil Vicente; mas esses ecos pressupõem o filtro crítico do servidor do monarca. Assim sendo, não estamos autorizados a a interpretar os autos (isoladamente ou no seu conjunto) como uma reprodução isenta dessa mesma época. Não poderemos supor, designadamente, que o adultério de Constança constitua a conclusão fiel de um qualquer inquérito sociológico acerca dos comportamentos femininos no princípio do século XVI português.

11.3. *O autor de transição*

Obrigado a marcar presença nas histórias da literatura e a integrar-se na lógica narrativa que as define, Gil Vicente dificilmente se compagina com os quadrantes periodológicos que lhe estão mais próximos. São pouco fundadas, desde logo, as possibilidades de ser tomado como "renascentista"; e também não se afigura fácil a sua inclusão no medievalismo histórico-literário (pelo menos no medievalismo que, em Portugal, se resume à poesia trovadoresca e à cronística). Em face dessa dificuldade, boa parte dos historiadores da literatura optou por defini-lo como "autor de transição", participando, de forma sobreposta, de algumas das caraterísticas de um e de outro período. Na sequência dessa integração, os manuais costumam prever alguns exercícios de discriminação, tendentes a identificar (por vezes no mesmo auto) as marcas definidoras de um e de outro quadrante periodológico.

Em boa verdade, nada de substantivo se pode opor a esta classificação. Deve, no entanto, contestar-se a conceção de período literário que lhe está na base. De facto, na sua historicidade, os períodos envolvem obrigatoriamente a noção de *código*. Isto significa, na prática, que não basta detetar a existência de uma determinada linha caraterizante para se proceder a um efetivo enquadramento periodológico. Se assim fosse, não seria difícil ver «Romantismo» na Idade Média e no Barroco, por exemplo. Isto para não falar da dificuldade que existe, em cada autor, de fazer corresponder, por inteiro, os seus traços idioletais a um só período. Nessa medida, todos os autores (nomeadamente os que logram obter maior impacto e influência) teriam de ser considerados como sendo "de transição".

Em Gil Vicente, nomeadamente, revelam-se forçadas todas as tentativas que, pelo menos desde o século XVIII, têm sido feitas para o aproximar do Renascimento. Embora não coincidindo totalmente com a sua base cronológica, o seu lugar natural é ainda a Idade Média. Dentro desse vastíssimo período (pouco determinado no que respeita à história da Arte, em geral, e à história da literatura, em particular), pode falar-se de "Outono da Idade Média", abarcando o século XV e perdurando ao longo de boa parte do século XVI, resistindo e conflituando justamente com as correntes italianizantes de ascendência clássica. Este mesmo período, também designado (embora de forma equívoca) de "gótico" combina o realismo e o simbolismo e pressupõe uma visão estamental do mundo, cometendo a cada "estado" uma função predeterminada, tendo em vista a preservação da Ordem geral do Reino. O fundamento político-filosófico desta visão do mundo traduz-se na homologia entre a *Cidade de Deus* e a *Cidade dos homens*. De acordo com esta homologia, a Ordem humana (muito difícil de alcançar e de manter) mais não é do que um sucedâneo da harmonia celeste.

11.4. *O cruzadista e o detrator da expansão asiática*

Tomando isoladamente este ou aquele auto, tem sido possível fazer de Gil Vicente um detrator ou um apologista de algumas orientações expansionistas. Se tivermos em conta a *Exortação da Guerra* ou o final da *Barca do Inferno*, por exemplo, somos levados a pensar que o dramaturgo privilegia a expansão marroquina; por outro lado, se entrarmos em linha de conta com o *Auto da Índia* ou com o *Triunfo do Inverno* (em que a nau que se dirige para Oriente é entregue aos cuidados de um piloto sem experiência) somos tentados a concluir que nele se repudiam liminarmente os pressupostos e os efeitos da expansão oriental. Já no *Auto da Fama*, porém, se enaltece a expansão de forma indistinta (incluindo os "pomares do Oriente"), vendo nela o destino e a glória do Reino.

Parece assim difícil fazer alinhar Gil Vicente por uma qualquer posição política definida e coerente, como se representasse na Corte um qualquer partido. Mais do que um propagandista, o autor assume-se como artista que dá voz às várias tendências em presença. No limite, poderíamos dizer que a sua "posição" é de natureza moral e não política. Por isso envolve na sua Sátira os que vão para a Índia (caso do marido de Constança) ou para Marrocos (caso do primeiro marido de Inês Pereira), um e outro não por terem escolhido um destino particular mas por terem cedido à ambição e à fantasia. Como, do mesmo modo, submete a sátira todos os que, impelidos por esses mesmos motivos, renunciam às suas origens, fazendo assim perigar a ordem estamental do Reino.

11.5. A vítima da Inquisição

Por várias vezes se tem visto escrito, sobretudo em manuais escolares, que Gil Vicente foi vítima da Inquisição. A este propósito, citam-se várias ocorrências: a menção de alguns autos de Gil Vicente nos índices expurgatórios (nomeadamente no primeiro, datado de 1551), os "cortes" verificados na 2ª edição da *Copilaçam* (1586) e ainda as misteriosas alusões feitas pelo Filósofo a uma suposta prisão na primeira cena de *Floresta de Enganos*.

De facto, no rol de 1551 (posterior à morte do autor e anterior à primeira publicação global da sua obra) mencionam-se 5 autos: uns podendo imprimir-se com restrições e outros como estando proibidos na íntegra. A verdade, porém, é que na edição de 1562 essas proibições não são observadas, pelo menos no que toca aos autos aí reconhecíveis. Quanto aos cortes ocorridos na edição de 1586 (feitos, aliás, por ordem de Frei Bertolameu Ferreira, o mesmo censor que, 15 anos antes, tão condescendente havia sido para Camões e os seus *Lusíadas*) manda a verdade que se diga que o seu sentido é mais moral do que politico, incidindo sobre os passos em que a crítica anticlerical era mais visível. Em 1565, concluído o Concílio de Trento, intensifica-se a atenção da censura inquisitorial a tudo o que pudesse parecer heterodoxo. Muito provavelmente é esse o motivo pelo qual a crítica vicentina, antes tolerada, se torna depois objeto de censura: desaparecido o autor, a sua mensagem tornara-se suscetível de vir a ser confundida com a de outros reformistas, como Erasmo ou até Martinho Lutero.

Ainda assim, devemos lembrar que os textos teatrais eram objeto de uma particular vigilância por parte da censura inquisitorial. Mais do que qualquer outro fator, pesava essencialmente a possibilidade de esses mesmos textos poderem chegar a camadas de público mais vastas e supostamente mais permeáveis a mensagens "inconvenientes". Tanto mais que, para além dos textos, havia que contar com a transformação que deles poderiam fazer actores e encenadores.

A possibilidade de Gil Vicente ter sido, ele próprio, vítima do Tribunal do santo Ofício (a isso aludiria o autor, segundo alguns, na dita cena inicial de *Floresta de Enganos*) não tem fundamento credível. Como se sabe, a bula papal que autoriza o estabelecimento do Tribunal em Portugal é justamente de 1536, o próprio ano da representação em causa. Isso não significa, evidentemente, que Gil Vicente não tenha sido vítima de outros poderes. Bastará lembrarmo-nos dos termos em que o Cardeal Aleandro se dirige ao papa, depois de ter assistido em Bruxelas ao *Jubileu de Amores* para admitirmos a possibilidade de o nosso autor poder ter sido objecto de admoestações mais ou menos severas.

12. A atualidade de Gil Vicente

Um dos critérios mais observados na valorização de um autor é o da sua suposta "atualidade". Trata-se, aliás, de um critério que é também, ele próprio, muitas vezes aplicado aos autores contemporâneos, admitindo que também estes possam fugir ao seu tempo (em direcção ao futuro ou retrocedendo ao passado).

No que toca aos autores de outras épocas esse mesmo critério costuma ser invocado em contexto escolar. A explicação parece simples: conseguindo provar a atualidade de um escritor "antigo", a atenção que lhe consagramos fica automaticamente justificada. Em consonância com esse pressuposto, é então habitual procedermos a esforços de habilidade, tentando persuadir os alunos de que Gil Vicente (e também Camões, António Vieira ou Eça de Queirós) são "atuais", transportando para o nosso tempo temas e problemas suscitados pelos autores em apreço. Trata-se, no fundo, de fazer prevalecer uma visão idealista da Literatura (e da Arte, em geral), segundo a qual os artistas detêm poderes incomuns de vidência, antecipando o futuro e decifrando os mistérios eternos que têm que ver com o homem e com o mundo.

No caso de Gil Vicente, tem sobressaído a sua capacidade de representação demográfica do Portugal quinhentista, que, de alguma forma, poderíamos ainda assumir como raiz da comunidade que ainda somos. As analogias forçadas que daí resultam são bem conhecidas: no caso da *Barca do Inferno* (que é hoje o auto mais lido na Escola) a segregação do Judeu (colocado fora da barca na viagem para o Inferno) é tida por equivalente de todas as discriminações raciais ou religiosas do nosso tempo; os cruzados, embora levados para o Céu pelo autor, são muitas vezes vistos como exemplo de "fundamentalismo religioso"; o Corregedor e o Procurador ilustrariam os desmandos da Justiça contemporânea; mesmo a alcoviteira Brízida Vaz é dada como precursora da prostituição de luxo dos nossos dias.

É de certa maneira compreensível que o leitor contemporâneo que se abeira de textos antigos projete neles as suas próprias vivências. E é inevitável, nessa medida, que os alunos adolescentes se sintam atraídos por este tipo de transposições. Mas isso não basta para legitimar por inteiro alguns exageros. Tão pouco me parece que a atualidade de Gil Vicente (e dos escritores "antigos", em geral) deva resumir-se a anacronismos deste tipo. Mais do que comparações forçadas, que ultrapassam o horizonte do autor e desvirtuam os textos, a atualidade de Gil Vicente deve ser valorizada por outro ângulo. É possível, por exemplo, transportar os alunos para o mundo criado por Gil Vicente, guiando-os convenientemente nessa viagem. Assegurar-se-ia assim e desde logo o ganho da descoberta, uma vez que, em regra, os alunos pouco ou nada sabem já do século XVI, em termos de Arte e de História. Neste caso, a demonstração da atualidade de Gil Vicente seria feita a partir do interesse dos alunos por uma realidade distinta daquela que lhes é dado viver. Seria um interesse induzido, naturalmente, fundado na ideia de que é atual tudo o que possa interessar-nos.

Não faltam, de resto, argumentos objetivos para que essa demonstração possa efectuar-se de forma proveitosa e natural. Destaquemos algumas linhas de análise que, embora ponderadas a partir dos textos de Gil Vicente, tocam o nosso tempo sem muito esforço.

- Os dilemas que se colocam a Gil Vicente e ao artista de qualquer época no no que toca à Ordem e à sua Transformação;
- O compromisso do artista com o Poder e a margem de liberdade que lhe sobra;
- A realidade portuguesa vista por Gil Vicente, em termos de circunstância e em termos de estrutura.

Em princípio, qualquer uma destas linhas justifica, por si só, a viagem de que acima se falava. E qualquer delas permite o encontro proveitoso do leitor/espetador do século XXI com o mundo visto e recriado por um escritor do século XVI. Em boa verdade, os dois primeiros podem e devem ser analisados no quadro da cultura portuguesa de Quinhentos; mas são transponíveis para qualquer tempo, neles residindo mesmo, talvez, a chave de acesso para a compreensão da dimensão cívica da Arte, em geral e da Literatura, em particular. O último parâmetro pressupõe uma atitude de inquérito, que envolve de novo a apreciação histórico-cultural do nosso Quinhentismo e o ensaísmo histórico-sociológico que, pelo menos desde Herculano e Oliveira Martins, vem tomando Portugal como tema de estudo e decifração.

Sendo atual para o homem português, o teatro de Gil Vicente não deixa de ser atual também para o homem europeu. Essa dimensão é desde logo facilitada pelo facto de a obra vicentina radicar em matrizes europeias, incorporando, por essa via, muitos dos problemas vividos pelas diferentes comunidades que integravam a Europa da época. Em boa verdade, e para além de algumas marcas especificamente portuguesas, as farsas, moralidades e mistérios de Gil Vicente não deixam de assentar em pressupostos sociomentais comuns à Cristandade dos séculos XV e XVI.

Se porventura fosse necessário indicar um só auto de Gil Vicente para figurar numa antologia da Literatura europeia, o *Auto da Alma* seria, talvez, o que melhores condições reuniria. Nele o cidadão português e europeu podem encontrar, ao mesmo tempo, a glosa da doutrina agostiniana do livre arbítrio (ainda hoje tida como das mais importantes no edifício teológico de todas as religiões monoteístas). Entre muitas outras coisas, esse mesmo cidadão abstrato encontraria ainda no auto o velho e atualíssimo debate em torno da liberdade humana e do sucesso fundado no ter e no poder. A circunstância de um e outro aí serem claramente diabolizados instaura um debate teórico que vem atravessando o Ocidente, no plano teológico, moral e político, essencialmente centrado na relação entre a liberdade e a necessidade compulsiva (e escravizante) de consumir.

Por outro lado, se fosse necessário indicar uma representação do ideário vicentino, a carta de Santarém (embora seguida, de perto, pelo sermão de Abrantes) seria talvez a que resumiria menos mal os fundamentos da sua visão do mundo. A propósito dos medos apocalíticos infundidos pelos frades nas populações, por causa de um tremor de terra, Gil Vicente expende a sua doutrina dos dois mundos: o das perfeições (o "segre primeiro") é imperscrutável. Nele não têm poder as presunções humanas, venham elas da intuição ou venham ainda da especulação livresca. O mundo segundo, habitado por homens, é o das contingências e dos erros. É nele e só nele que o homem atua, devendo ajustá-lo o mais possível à justiça, à ordem e à verdade (valores que subordinam o mundo primeiro). Embora conservando a memória e a aspiração da eternidade, o homem não deve nunca esquecer-se da sua condição de súbdito, devendo renunciar à ideia de que alguma vez poderá realizar-se plenamente através do Ter, do Poder e do Saber. É esse porventura o pressuposto último do Pensamento e da Arte do autor.

13. Cronologia ([3])

Ano	Gil Vicente	Portugal	Europa
1460-1470	Terá nascido neste período, sendo referidos Guimarães, [também Guimarães de Tavares, próximo de Mangualde], Barcelos e Lisboa como possíveis locais do seu nascimento.	Garcia de Resende (c. 1470-1536).	Juan del Encina (1468-1530). Lucas Fernández (1474-1542).
1480-1497	Ter-se-á casado pela primeira vez (com Branca Bezerra).	Francisco de Sá de Miranda (1481-1558); Epidemia no reino e quase permanente em Lisboa, com surtos importantes em 1485, 1492 e 1495.	
1490		Festas teatrais em Évora (com representação de momos), comemorando o casamento do príncipe D. Afonso com Isabel de Castela. Gregório Lopes, pintor régio (c. 1490-c.1550).	
1492		Fundação do Hospital Real de Todos os Santos, em Lisboa.	Eleição do Papa Alexandre VI (-1503). Expulsão dos judeus residentes em Espanha. Descoberta da América.
1494		Tratado de Tordesilhas. Início da construção da Igreja de Jesus, em Setúbal.	
1495		Morte de D. João II e aclamação de D. Manuel I.	Hieronymus Bosh: *Jardim das Delícias*. Leonardo da Vinci: *A Última Ceia*. Juan del Encina: *Cancionero*

([3]) De entre as muitas cronologias vicentinas disponíveis, tomei como base a que figura no CD-Rom de Gil Vicente, coordenado por José Camões. Acrescento, no entanto, alguns elementos respeitantes à história literária portuguesa e, por motivos que expus na "Apresentação", suprimo as indicações que têm por base a tese biográfica do poeta/ourives.

1496 1497 1497-1499		Primeiro casamento de D. Manuel I, com Isabel de Castela. Primeira viagem de Vasco da Gama à Índia.	
1498		D. Leonor de Lencastre, a rainha viúva de D. João II, cria as Misericórdias.	Miguel Ângelo: *Pietà*, basílica de S. Pedro, Roma (-1500).
1499			Fernando Rojas: *Tragicomedia de Calisto e Melibea (La Celestina)*, Burgos.
1500		Segundo casamento de D. Manuel I, com a infanta D. Maria de Castela. Pedro Álvares Cabral chega ao Brasil. Conclusão da Igreja de Nossa Senhora do Pópulo, nas Caldas da Rainha.	Hieronymus Bosh: *Tentações de Santo Antão* (c. 1500).
1502	Em Junho, por ocasião do nascimento do futuro Rei D. João III,, apresenta o *Monólogo do Vaqueiro* (Paço das Alcáçovas). No mesmo ano, no Natal (Lisboa), apresenta o *Auto Pastoril Castelhano*, assumindo provavelmente o papel de Gil (o "pastor lletrudo").	Nasce D. João III (6 de Junho). Início da construção do Mosteiro dos Jerónimos, Lisboa.	Rafael: *Coroação da Virgem*.
1503	A 6 de Janeiro, apresenta *Reis Magos*, a pedido de D. Leonor.	Epidemia e fome. Francisco Henriques, início do político da capela-mor da Igreja de S. Francisco, Évora.	Eleição do Papa Júlio II (-1513).

1504	Por encomenda da mesma rainha, apresenta na igreja das Caldas, na procissão de "Corpus Christi", o pequeno *Auto de São Martinho*.		
1505		Peste em Lisboa e Évora.	Albrecht Dürer: *Adão e Eva*.
1506	Apresenta o *Sermão (Pregação)* de Abrantes, por ocasião do nascimento do infante D. Luís.	Levantamento antijudaico de Lisboa. Tristão da Cunha conquista a ilha de Socotorá. Vasco Fernandes: início do retábulo da Sé de Lamego.	Bramante: início da Basílica de S. Pedro, Roma.
1507		Afonso de Albuquerque conquista Ormuz.	
1508		Chegada a Lisboa da armada de Tristão da Cunha. Jorge Afonso é nomeado pintor régio.	Maximiliano I assume o título de imperador (- 1519). Garcí Rodríguez de Montalvo: *Amadis de Gaula*, em 4 livros (a edição portuguesa é de 1510). Miguel Ângelo: teto da Capela Sistina (-1512).
Até 1509	Em datas não incertas, participa, em Almada, no *Processo de Vasco Abul*. Produz *Quem tem farelos?* e *Índia* (este último em Almada).		
1510	No Natal, em Almeirim, faz representar o *Auto da Fé*. Em Lisboa, no palácio de Santos, o Velho, ou em Almeirim, apresenta o *Auto da Fama*, primeiro a D. Leanor e depois a D. Manuel I.	Epidemia no reino. Afonso de Albuquerque conquista Goa. O Arquiteto Diogo de Arruda (nomeado parodicamente por Gil Vicente n' *O Juiz da Beira*) encarrega-se das obras no Convento de Cristo, Tomar.	
1511	Produz um auto na procissão do *Corpus Christi*, em Lisboa, razão pela qual recebe a importância de 5 070 réis.	Afonso de Albuquerque conquista Malaca.	Hernando del Castillo: *Cancionero General*. Erasmo, *Elogio da Loucura*.

1511-1520	Em datas não esclarecidas, produz *Fadas* (em Lisboa), *Quatro Tempos* (em Lisboa, no Natal), *Sibila Cassandra* (num Natal) e *Exortação da Guerra* (talvez em Lisboa, na partida de D. Jaime de Bragança para Azamor).	Em data não esclarecida, *Inferno,* painel de autor desconhecido.	
1514	Terá enviuvado de Branca Bezerra. Representa-se a *Comédia do Viúvo*.	Epidemia no reino. Entrada em Roma da Embaixada de D. Manuel ao Papa, chefiada por Tristão da Cunha. Garcia de Resende: *Cancioneiro Geral*.	Lucas Fernández: Farsas y Églogas al Modo Pastoril.
1516		Morte da rainha D. Maria.	
1517	Apresenta em Lisboa, na câmara da Rainha D. Maria, o *Auto da Barca do Inferno*. Publicado em folheto, é a primeira edição conhecida de um auto de Vicente. Possível casamento com Melícia Roiz.	João de Castilho, portal sul da Igreja de Santa Maria de Belém do Mosteiro dos Jerónimos, Lisboa. São também deste período obras principais no corpo central da igreja e no claustro. Terceiro casamento de D. Manuel I, com D. Leonor de Áustria. D. Leonor de Lencastre (a rainha velha) retira-se para o convento da Madre de Deus. Francisco Henriques morre em Lisboa, vitimado pela peste.	Martinho Lutero afixa na porta da igreja de Wittenberg as *Noventa e cinco Teses*. Torres Naharro: *Propalladia,* Nápoles.
1518	Em Abril, na Páscoa, representa-se o *Auto da Alma*, em Lisboa, nos paços da Ribeira. Do mesmo ano, também em Lisboa, mas no Hospital de Todos os Santos, no Natal, é representada a *Barca do Purgatório,* o último auto onde, numa rubrica da *Copilaçam* é referida a «rainha Leanor». Gaspar Vicente, seu filho, terá morrido nesta altura.		
1519	Na Páscoa, em Almeirim, faz representar, para o rei D. Manuel, a *Barca da Glória*.		Fernão de Magalhães inicia a primeira viagem marítima à volta do Mundo, concluída 3 anos depois por Sebastián Elcano.

1520	Prepara, em Lisboa, as festas de recepção aos reis. Em Novembro, escreve D. Manuel I aos vereadores e procurador de Lisboa: *Nós enviamos ora lá Gil Vicente pera per sua ordenança se fazerem algũas das cousas e autos que se hão-de fazer pera entrada nossa e da rainha minha.*	Peste em Lisboa, na Primavera.	
1521	Organiza as festas da entrada do rei e da sua terceira mulher, Leonor de Áustria, em Lisboa. Recebe 40 000 reais por *fazer os cadefalsos* das festas. Deste ano são, também, *Cortes de Júpiter*, em Lisboa, na partida da infanta Beatriz para Sabóia e, na presença do ainda príncipe D. João III, *Rubena*. Compõe os Romances *à Morte de Manuel I* e à *Aclamação de João III*.	Epidemia no reino. Fome provocada por uma seca que fez perder as colheitas. Casamento de D. Beatriz, filha de D. Manuel, com o duque de Sabóia (Agosto). Morte do rei D. Manuel I (Dezembro). Aclamação de D. João III. Publicação da versão definitiva das Ordenações *Manuelinas*. Diogo de Arruda é nomeado mestre de todas as obras do Alentejo. Nicolau Chanterene: púlpito da igreja do Mosteiro de Santa Cruz.	O Sultão turco, Solimão I, o Magnífico, conquista Belgrado.
1522	Produz, provavelmente em Lisboa, *Maria Parda*, em circunstâncias não conhecidas, mas já depois da morte do rei D. Manuel I.	Gregório Lopes é confirmado como pintor régio.	Eleição do Papa Adriano VI (-1523). Lutero traduz o *Novo Testamento*.
1522-1523	Por este período, já ao serviço do rei D. João III, escreve *Dom Duardos*, que faz acompanhar de um importante Prefácio-Dedicatória.		
1523	Representação de *Inês Pereira*, no convento de Tomar e de *Pastoril Português*, no Natal, em Évora.	Epidemia no reino. Frei Carlos pinta a *Anunciação*.	Eleição do Papa Clemente VII (-1534).

1524-1525	Data provável das *Trovas ao conde do Vimioso*. Por este período, produz *Físicos*, talvez num Entrudo, em Lisboa e *Ciganas*, em Évora.	Luís de Camões (c. 1525-1580)	
1524	Recebe de D. João III uma tença de 12 000 réis. Em Abril, pelo cargo de Mestre da Retórica das Representações, vê acrescida a sua tença para 20 000 reais.		Erasmo: *Colóquios*.
1525	Em Évora, comemorando o *desposório* real, representa *Frágua de Amor*. Recebe um "acrescentamento" de 8 000 réis e três "moios de trigo".	Morte de D. Leonor de Lencastre. Casamento de D. João III com D. Catarina de Áustria.	Francisco I é derrotado e preso por um exército de Carlos V, na batalha de Pavia.
1525-1526	Por este período, em Almeirim, faz representar *Juiz da Beira*, sua única incursão no género da *sottie*.		
1526	Produz *Templo de Apolo*, comemorando a partida da infanta Isabel para Castela.	Casamento de D. Isabel, filha de D. Manuel, com Carlos V.	Paz de Madrid entre Espanha e França. Francisco I é libertado.
1526-1527	Por este período produz, em Almeirim, *Clérigo da Beira* e, em Lisboa, *Feira*.		
1527	Em Janeiro, na entrada de D. Catarina, em Lisboa, representa *Nau de Amores*. Acompanha a corte a Coimbra, onde se representam: *Devisa de Coimbra*, *Almocreves* e, ao parto da rainha, *Serra da Estrela*.	1º numeramento do Reino: Portugal terá 1 200 000 habitantes.	Saque de Roma pelo exército imperial de Carlos V, comandado pelo duque de Bourbon.
1527-1529	Por este período produz dois autos de Páscoa: *História de Deus*, em Almeirim, e *Ressurreição de Cristo*.		

1528		João de Castilho nomeado mestre das obras régias.	
1529	Em Lisboa, ao parto da rainha, apresenta o *Triunfo do Inverno*.	Nascimento da infanta D. Isabel.	
1530		Por este período, João de Ruão conclui a Porta Especiosa da Sé Velha de Coimbra.	Em Roma, o papa coroa Carlos V como imperador e rei de Itália.
1531	Escreve uma carta de Santarém a D. João III, da qual se pode inferir a notícia de uma prática teatral – *Tormenta* – no convento de S. Francisco. Em Dezembro, comemorando o nascimento do infante D. Manuel, representa-se, em Bruxelas, uma peça vicentina *(Jubileu de Amores)*.	Terramoto que se faz sentir em Lisboa, Santarém e outros locais. Nascimento do infante D. Manuel (Alvito, Novembro).	
1532	O cardeal Girolamo Aleandro – núncio papal – dá notícia da reacção do público: *Et era tanto il riso di tutti, che parea tutto il mondo jubilasse*. Em Lisboa, apresenta o *Auto da Lusitânia*, para festejar o nascimento do príncipe ocorrido no ano anterior porque *não pôde em Alvito*.	Nicolau Chanterene conclui o retábulo da Pena.	Os Turcos invadem a Hungria e avançam sobre Viena. François Rabelais: *Pantagruel*.
1533	Em Évora, representam-se *Amadis de Gaula* e, ao parto da rainha, *Romagem dos Agravados*.	Nascimento do infante D. Filipe (Maio). Clenardo chega a Portugal.	
1534	Produz *Cananea*, representado na igreja do Mosteiro de Odivelas, por encomenda da sua abadessa. No Natal, representa-se *Mofina Mendes*.		

	Recebe 32.000 reaes, a saber, 20.000 reaes com o cargo de mestre da retórica, graciosos nos ordenados e 12.000 reaes a ele por outra adição, Biblioteca da Ajuda, 49 – XII – 14, *Tenças, moradias e ordenados da casa do senhor Rei D. João III.*		
1535	Um documento refere o recebimento de 8 000 réis.	Vasco Fernandes, *Pentecostes*, Santa Cruz de Coimbra.	
1536	Representa, em Évora, *Floresta de Enganos*, seu último auto.	Estabelecimento da Inquisição. Gregório Lopes: painéis da charola do Convento de Tomar.	Miguel Ângelo: *O Juízo Final*, parede do altar da Capela Sistina (-1540).
1562	Terá morrido neste ano. É publicada a *Copilaçam de todalas obras de Gil Vicente*, organizada pelos seus filhos Luís e Paula Vicente.		

3.
LUGARES SELECTOS

1. FRASES AFORÍSTICAS ([4])

1. alegrias

"Todas as cousas com rezão
Tem sezão."
Alma, Diabo, I, 197;

"A candea morta e a gaita à porta."
Almocreves, Pero Vaz, II, 339

2. ingenuidade

"Eu mesmo comprei o carvão
com que m'encarvoiçais."
Ibidem, ourives, II, 334;

3. ordem social

"Mais fermoso está ao vilão
mau burel que bom frisado."
Ibidem, Pero Vaz, II, 343;

([4]) Os textos vicentinos são particualrmente férteis em frases aforísticas. Na maior parte dos casos, trata-se de sentenças de cunho popular que, compreensivelmente, marcam uma presença maior nas farsas. Entende-se ainda que no âmbito do jogo vocal que cateriza este género, as sentenças, aforismos ou provérbios surjam sobretudo na boca de personagens dominantes, indiciando o seu triunfo ou, no caso das comédias, sinalizando as motivações das personagens principais.

Para cada uma das 25 sentenças escolhidas indica-se o auto em que figura, a personagem que a profere, o volume e a página (edição de José Camões).

4. palavras e os factos

"Aquèl que mucho habla
No tiene hecho ninguno."
Amadis de Gaula, Correio, I, 585;

."Las obras son los amores
Y no las buenas rezones."
Floresta de Enganos, Apolo, I, 491;

5. punição justa

"Para el perro que es travieso
Buen palo valiente y grueso."
Ibidem, Correio, 585;

6. **Destino**

"Al amor y a la fortuna
No hay defensión ninguna."
Dom Duardos, II, Artada, 504.

"Mais corre a Mofina
vinte vezes que a raposa."
Mofina Mendes, Paio Vaz, I, 124;

."Ru ru menina, ru ru
Mouran as velhas e fiques tu
co a tranca no cu."
Rubena, Feiticeira, I, 384;

."No se escusa fortuna
al navegar."
Viúvo, Paula, I, 429;

."A la muerte no hay guarida
Conocida
Y quien major se guarece
No escusa, me parece,
La partida."

Ibidem, Paula, I, 430;

7. humildade

"El que pergunta no yerra."

Fé, Benito, I, 80;

"O que nam haveis de comer
Lexai-o a outrem mexer."

Ibidem, Lianor Vaz, 271;

8. maldade do mundo

"I há de homens roins
Mais mil vezes que não bons".

Ibidem, Diabo, I, 166;

"Segundo são os tempos
Assi hão de ser os tentos."

Feira, Diabo, I, 168-169;

9. aparências enganosas

."...sob mau pano
Está o bom bebedor."

Ibidem, Diabo, I,168 ;

."Todo o humano deleite
[...] ha de dar consigo em terra."

Ibidem, Mofina, 126;

11. sofrimento e felicidade

."...no se cogen las flores
Sino espinos sufriendo."

Físicos, Padre, II, 435;

12. boa condição

"O homem bem criado
Té à morte o há de ser."

Velho da Horta, Alcoviteira, II, 217;

"A según fuere el senor
Ansí abrirá camino
A ser servido."

Ibidem, Paula, 434;

13. amizade

"Amiga e bô amigo
Mais aguenta que bom lenho."

Inês Pereira, Lianor Vaz, II, 262,

14. Bom senso e experiência

"Asno quero que me leve
E nam cavalo folão."

Ibidem, Inês, II, 285;

"Sobre quantos mestres são
Experiência dá lição."

Ibidem, Inês, 285

15. Natureza

"Credo quo natura dat
Nemo negare pote."

Juiz da Beira, Pero Marques I, 298.

"Nam há i favo de mel
tam doce como a preguiça"

Ibidem, 310.

2. TEXTOS DE DOUTRINA ESTÉTICA ([5])

1. "Tam alto esteo para tam baixo edeficio"

A aparente modéstia do autor não esconde completamente a existência de um conflito artístico que o opõe àqueles que se limitam a repetir o que os antigos já tinham dito. A natureza moral e devota da obra é assumida como principal linha orientadora.

Os livros das obras que escritas vi, sereníssimo senhor, assi em metro como em prosa, são tam florecidas de cientes matérias, de graciosas invenções, de doces eloquências e elegâncias, que temendo a pobreza de meu engenho, porque nasceu e vive sem possuir nenhũa destas, determinava leixar minhas misérrimas obras por empremir, porque os antigos e modernos nam leixaram cousa boa por dizer, nem invenção linda por achar, nem graça por descobrir. Assi que, pera passar seguro da pena que minha ignorância padecer nam escusa, me fora fermosa guarida nam dizer senam o que eles dixeram, ainda que eu ficasse como eco nos vales, que fala o que dizem sem saber o que diz. Porém, querendo eu no presente preâmbulo ajudar-me do seu costumado estilo em querer louvar as excelências de vossa alteza como eles fazem aos senhores a quem suas obras endereçam, que farei? Sendo certo que ainda que fosse em mi só a sua oratória tam facunda como em todos

---

([5]) Na ausência de verdadeiros textos de poética explícita, os excertos indicados constituem indícios do programa de criação artística observado por Gil Vicente. Embora de carácter fragmentário, estes textos (do dramaturgo português e Juan del Encina, seu imediato predecessor) revelam não só alguns dos traços fundamentais da consciência estética do autor mas também a conta em que este tinha a sua própria obra.

eles e me fosse traspassado o spirito de David, nam presumiria escrever de vossa alteza a mínima parte de sua magnífica bondade, de sua nobilíssima condição, de sua discreta mansidade, do perfeito zelo de sua justiça, da sua paz, da sua guerra, da sua graça, gravidade, conselho, sabedoria, liberalidade, prudência e finalmente do seu cristianíssimo firmamento. Outrossi, querendo navegar pola rota do seu exórdio deles, pedindo a vossa alteza favor e emparo pera que minha enferma escretura nam seja ferida de línguas danosas, parece-me injusta oração pedir tam alto esteo pera tam baixo edefício, quanto mais que, ainda que dino fora de tam nobre emparo, tenho considerado que Cristo, filho de Deos, sob emparo de poderio eternal do padre e todos seus bem aventurados santos, nam passaram por esta vida tam livres que dos malditos detratores nam fossem julgadas suas divinas obras por humanas liviandades, sua santa doutrina por máxima ignorância, sua manifesta bondade por falsa malícia, sua santíssima graça por sorretício engano, sua excelsa abstinência por vil hipocresia, sua celeste pobreza por terreno vício. Pois rústico peregrino de mi, que espero eu? Livro meu, que esperas tu? Porém te rogo que quando o ignorante malicioso te reprender, que lhe digas: Se meu mestre aqui estivera, tu calaras. Finalmente que, por escusar estas batalhas e por outros respeitos, estava sem propósito de emprimir minhas obras se vossa alteza mo nam mandara, nam por serem dinas da tam esclarecida lembrança, mas vossa alteza haveria respeito a serem muitas delas de devação e a serviço de Deos enderençadas e nam quis que se perdessem, como quer que cousa virtuosa por pequena que seja nam lhe fica por fazer, por cujo serviço trabalhei a copilação delas com muita pena de minha velhice e glória de minha vontade que foi sempre mais desejosa de servir a vossa alteza que cobiçosa de outro nenhum descanso.

(PRÓLOGO EM QUE O AUTOR DEREGIA ESTA CÓPIA DE SUAS OBRAS AO MUITO EXCELSO PRÍNCIPE EL REI DOM JOÃO O TERCEIRO DESTE NOME EM PORTUGAL, *I, 13-14*)

2. "Dulce retórica y escogido estilo"

A comédia é assumida como género superior à farsa. A tentativa de superar patamares anteriores leva o autor a meter mais velas à sua "pobre fusta", elevando o estilo, para servir ainda melhor o Rei (a justificação de *Dom Duardos*).

Como quiera (excelente Príncipe y Rey muy poderoso) que las comedias, farças y moralidades que he compuesto en servicio de la Reina vuestra tía (quanto en caso de amores) fueron figuras baxas, en las quales no havía conveniente retórica que pudiesse satisfazer al delicado spíritu de V[uestra] A[lteza], conocí que me cumplía meter más velas a mi pobre fusta. Y assí con desseo de ganar su contentamiento, hallé lo que en estremo desseava, que fue Don Duardos y Flérida, que son tan altas figuras como su historia recuenta, con tan dulce retórica y escogido estilo quanto se puede alcançar en la humana inteligencia: lo que yo aquí hiziera si pudiera tanto como la mitad del desseo que de servir a V[uestra] A[lteza] tengo. Pero yo me confié en la bondad de la historia, que cuenta cómo Don Duardos, buscando por el mundo peligrosas aventuras para conseguir fama, se combatió com Primaleón, uno de los más esforçados cavalleros que havía en Europa, sobre la hermosura de Gridonia, la qual Primaleón tenía enojada. Y comiença luego Don Duardos a hablar, pidiendo campo al Emperador contra Primaleón su hijo.(*Dom Duardos*, Prólogo dirigido a D. Juan III, en la segunda edición de 1586, II, 595)

3. " Ainda que as obras de meu pai nam tenham tamanho merecimento..."

O filho do autor, Luís Vicente, faz-se eco da retórica de humildade já glosada pelo pai, opondo o *Livro das Obras* feito pelo pai à escrita de outros poetas antigos e modernos "tam celebrados em todo o mundo"; e justifica a impressão com o serviço de Deus e o gosto do monarca. Declara ainda que, no que respeita à organização do livro, se limitou a completar um "livro muito grande" já preparado pelo pai.

É tam gloriosa cousa altíssimo rei e senhor nosso a fama daqueles que a tem e a teveram que a toda pessoa geralmente faz desejo de a acrecentar e ressuscitar suas obras, e assi o fazem muitos, uns com contarem em prática suas cousas, outros com escreverem suas obras, outros trabalharem que venham à notícia de todos com as empremirem, como foi aquele que apurou e alimpou e fez que fossem vistas e achadas as cousas de Homero, porque se ele nam fora perderam-se, e outros que tomaram a seu cargo o trabalho de serem pregoeiros daqueles que escreveram e fizeram obras dinas de serem apregoadas, sem outra obrigação mais que somente a coriosidade que tinham de quererem que se nam perdesse a fama de grandes homens. Quero dizer que se estes, nam lhe indo nisso nada o fizeram assi, que farão aqueles a que bate à porta a obrigação de seus antepassados, que suas obras são desejadas virem à notícia de todos. E ainda que as obras de meu pai nam tenham tamanho merecimento como tiveram as de outros poetas antigos e modernos tam celebrados em todo o mundo, todavia ainda que as deste livro fiquem muito abaixo destas por serem cousas alguas delas feitas por serviço de Deos, e todas em serviço de vossos avós e de que eles muito gostaram era razão que se empremissem. E porque sei que já agora nessa tenra idade de vossa alteza gosta muito delas e as lê e folga d'ouvir representadas, tomei em minhas costas o trabalho de as apurar e fazer empremir sem outro interesse senam servir vossa alteza com lhas deregir e comprir com esta obrigação de filho. E porque sua tenção era que se empremissem suas obras escreveu per sua mão e ajuntou em um livro muito grande parte delas e ajuntara todas se a morte o nam consumira. A este livro ajuntei as mais obras que faltavam e de que pude ter notícia. E porque o prólogo que adiante vai deregido a el rei vosso avô que haja glória não houve efeito, esse, com o livro todo, ofereço a vossa alteza a quem nosso senhor acrecente e prospere a vida e estado per muitos anos.

(PRÓLOGO DEREGIDO AO MUITO ALTO E PODEROSO REI NOSSO SENHOR DOM SEBASTIÃO O PRIMEIRO DO NOME, PER LUÍS VICENTE, *I, 11-12*).

4. Privilégio para "um livro e cancioneiro"

D. Catarina, viúva de D. João III, concede, em alvará, a Paula Vicente e às pessoas "a quem ela para isso der licença" a exclusividade na venda das obras de um "livro e cancioneiro de todas as obras de Gil Vicente"

Eu el rei faço saber aos que este alvará virem que Paula Vicente, moça da câmara da minha muito amada e prezada tia me disse que ela queria fazer empremir um livro e cancioneiro de todas as obras de Gil Vicente seu pai, assi as que até ora andaram empremidas polo meúdo como outras que o ainda nam foram. Pedindo-me que houvesse por bem que por tempo de dez anos nam pudessem empremir nem vender o dito cancioneiro senam ela e as pessoas a que ela pera isso desse licença, e que as ditas obras meúdas do dito seu pai, que até ora andaram empremidas, se nam pudessem mais empremir nem vender polo meúdo. E visto seu requerimento, e por alguns justos respeitos que me a isto movem, hei por bem e me praz que fazendo ela empremir o dito cancioneiro de todas as obras do dito seu pai, empressor algum nem outra algũa pessoa possa em meus reinos e senhorios empremir nem vender o dito cancioneiro, nem trazê-lo de fora do reino a vender sem consentimento e licença da dita Paula Vicente, e isto por tempo de dez anos somente, que começaram da feitura deste alvará. E empremindo ou vendendo algũa pessoa o dito cancioneiro nos ditos meus reinos e senhorios, ou trazendo de fora deles a vender como dito é dentro no dito tempo de dez anos, sem licença da dita Paula Vicente, perderá todos os volumes que deles lhe forem achados e pagará cincoenta cruzados, ametade pera a minha câmara e a outra ametade pera quem os acusar. E assi me praz que daqui em diante polo dito tempo de dez anos se nam possam empremir nem vender polo meúdo obras algũas do dito Gil Vicente que estiverem no dito cancioneiro, sob a mesma pena acima declarada. E mando a todas as minhas justiças, oficiais e pessoas a que o conhecimento disto pertencer que cumpram e guardem inteiramente este alvará como se nele contém, o qual hei por bem que valha e tenha força e vigor como se fosse carta feita em meu nome per mi assinada e passada per minha chancelaria, sem embargo da ordenação do segundo livro, quarto, vinte, que diz que as cousas cujo efeito houver de durar mais de um ano passem per cartas e passando per alvarás nam valham. E valerá este outrossi posto que nam seja passado pola chancelaria, sem embargo da ordenação que manda que os meus alvarás que nam forem passados pola chancelaria se nam guardem. Jorge da Costa o fez em Lixboa a três dias de Setembro de 1561. Manuel da Costa o fez escrever. E cada volume do dito cancioneiro se nam poderá vender por mais de um cruzado. E este alvará se tresladará e imprimirá no princípio do dito cancioneiro.

Rainha ("Privilégio", I, 5-6)

5. "...Se o autor fazia de si mesmo estas obras ou se as furtava de outros autores"

Gil Vicente responde a um desafio (maldoso) dos "homens de bom saber".

A seguinte farsa de folgar foi representada ao muito alto e mui poderoso rei dom João, o terceiro do nome em Portugal, no seu convento de Tomar. Era do Senhor de 1523. O seu argumento é que por quanto dovidavam certos homens de bom saber se o autor fazia de si mesmo estas obras, ou se as furtava de outros autores, lhe deram este tema sobre que fizesse um exemplo comum que dizem: mais quero asno que me leve que cavalo que me derrube. E sobre este motivo se fez esta farsa.

Auto de Inês Pereira, Didascália que figura na *Copilaçam*, II, 257).

6. "Comédia mui chã e moral"

A Comédia "a fantasía", celebrada em torno da divisa da cidade de Coimbra, é definida na sua singeleza de princípios: começa em "dolores" e pressupõe "finura" e "primores".

Comédia representada ao muito alto, poderoso e não menos cristianíssimo rei dom João, o terceiro em Portugal deste nome, estando na sua muito honrada, nobre e sempre leal cidade de Coimbra. Na qual comédia se trata o que deve significar aquela princesa, leão e serpente, e cales ou fonte que tem por devisa, e assi este nome Coimbra donde procede, e assi o nome do rio e outras antiguidades a que nam é sabido verdadeiramente seu origem, tudo composto em louvor e honra da sobredita cidade. Feita e representada, era do Senhor de 1527.[...)

Argumento da comédia seguinte per um Peregrino:

Pois que o honor do mundo presente
se dá com razão à antiguidade
infinita honra tem esta cidade
segundo se escreve copiosamente.
E a honra maior

é que o altíssimo emperador
vossas majestades, a sacra emperatriz
a alta duquesa dona Breatiz
se sois sacros frutos daqui foi a flor.

Também a rainha que é d'Inglaterra
e a verdadeira rainha de França
quem Deos nosso dê tanta bonança
como dá Maio às flores da serra.
O lúcido infante
rei duque d'Áustria, Heitor melitante
e o sacrossanto nosso cardeal
os nossos infantes bem de Portugal
daqui procedestes e is adiante.

Assi que os príncipes da cristandade
que agora reinam daqui floreceram
aqui jaz o rei de que procederam
e que o fez rei senão esta cidade?
Porém muito antes
ante que houvesse aqui nunca habitantes
sendo isto serra de grande montanha

no tempo que Mérida veo a Espanha
e os montes d'Arménia eram de gigantes

veo de lá aqui habitar
um feroz salvagem gigante senhor
e por ser história de gosto e sabor

ordena o autor de a representar
por que vejais
que cousas passaram na serra onde estais
feitas em comédia mui chã e moral
e os mesmos da história polo natural

e quanto falaram nem menos nem mais.

Por ela vereis por que esta cidade
se chama Coimbra e donde lhe vem
o leão e serpe e princesa que tem
por sua devisa já d'anteguidade.

E por provas certas
vereis donde veo e de que planetas
que falam aqui rouquenhos os moços
e todalas moças tem curtos pescoços
e mãos rebuchudas e as unhas pretas.

Outrossi as causas por que aqui tem
os clérigos todos mui largas pousadas
e mantém as regras das vidas casadas
desta anteguidade procedem também
sem serem culpados

porque são leis dos antigos fados
cousa na terra já determinada
que os sacerdotes que nam tem ninhada
de clerigozinhos são escomungados.
E a causa por que as molheres daqui
são milhor casadas que as d'Évora Monte
porque esta comédia vos mostrará a fonte

de todalas cousas que ouvistes aqui.
Já sabeis senhores
que toda a comédia começa em dolores
e inda que toque cousas lastimeiras
sabei que as farsas todas chocarreiras
nam são muito finas sem outros primores.

(*Comédia sobre a Divisa da Cidade de Coimbra*: Didascália e Argumento I, 451-453)

7. Juan del Encina

"Metro no quiere dezir otra cosa sino mesura"

Estabelecendo diferenças essenciais entre o *poeta* e o *trovador*, Encina situa o poeta num patamar muito elevado, que pressupõe o domínio apurado de técnicas próprias

Según es común uso de hablar en nuestra lengua, al trobador llaman porta y al poeta trobador, ora guarde la ley de los metros ora no; mas a mí me parece que quanta diferencia ay entre músico y cantor, entre geómetra y pe-drero, tanta debe aver entre poeta y trobador. Quanta diferencia aya del músico al cantor y del geómetra al pedrero, Boecio nos lo enseña, que el músico contempla en la especulación de la música, y el cantor es official della. Esto mesmo es entre el geómetra y pedrero y poeta y trobador, porque el poeta contempla en los géneros de los versos, y de quántos pies consta cada verso, y el pie de cuántas sílabas, y aún no se contenta con esto, sin examinar la quantidad dellas. Contempla, esso mesmo, qué cosa sea consonante y assonante, y quando passa una sílaba por dos, y dos sílabas por una, y otras muchas cosas de las quales en su lugar adelante trataremos. Assí que, quanta diferencia ay de senor a esclavo, de capitán a hombre de armas sugeto a su capitanía, tanta a mí ver ay de trobador a poeta; mas pues estos dos nombres sín ninguna diferencia entre los de nuestra nación confundimos, mucha razón es que quien quisiere gozar del nombre de poeta o trobador aya de tener todas estas cosas. Ó quántos vemos en nuestra Espana estar en reputación de trobadores, que no se les dá más por echar una sílaba y dos demasiadas que de menos, ni se curan que sea buen consonante que malo! Y pues se ponen a hazer en metro, deven mirar y saber que metro no quiere dezir otra cosa sino mesura, de manera que lo que no lleva cierta mensura y medida, no devemos dezir que va en metro, ni el que no lo haze deve gozar nombre de poeta ni trobador.

"Arte de poesía castellana", in *Obras completas*, Edición, introducción y notas de Ana María Rambaldo, Madrid, Espasa-Calpe, 1978, pp. 17-18

8. "Os frades de cá nam me contentaram..."

Gil Vicente, já "vezinho da morte", insurge-se contra os espantalhos agitados pelos "frades de cá", perante o povo, a propósito de um tremor de terra. Para contrariar o falso profetismo dos eclesiásticos franciscanos, o dramaturgo aduz uma visão geral e estruturada das relações entre Deus e o Mundo, Assumindo esta pregação como serviço supremo do Rei.

Carta que Gil Vicente mandou de Santarém a el rei dom João, o terceiro do nome, estando sua alteza em Palmela, sobre o tremor da terra que foi a 26 de Janeiro de 1531.

Senhor:
Os frades de cá nam me contentaram nem em púlpito nem em prática sobre esta tormenta da terra que ora

passou, porque não abastava o espanto da gente, mas ainda eles lhe afirmavam duas cousas que os mais fazia esmorecer. A primeira que polos grandes pecados que em Portugal se faziam a ira de Deos fizera aquilo e nam que fosse curso natural, nomeando logo os pecados por que fora em que pareceu que estava neles mais soma de ignòrância que de graça do spírito santo. O segundo espantalho que à gente puseram foi que quando aquele terramoto partiu ficava já outro de caminho, senam quanto era maior e que seria com eles à quinta feira ũa hora depois de meo dia. Creu o povo nisto de feição que logo o saíram a receber por esses olivais e inda o lá esperam. E juntos estes padres a meu rogo na crasta de sam Francisco desta vila, sobre estas duas proposições lhe fiz ũa fala na maneira seguinte:

Reverendos padres:
O altíssimo e soberano Deos nosso tem dous mundos. O primeiro foi de sempre e pera sempre, que é a sua resplandecente glória, repouso permanente, quieta paz, sossego sem contenda, prazer avondoso, concórdia triunfante, mundo primeiro. Este segundo em que vivemos, a sabedoria imensa o edificou polo contrairo, scilicet: todo sem repouso, sem firmeza certa, sem prazer seguro, sem fausto permanente, todo breve, todo fraco, todo falso, temeroso, avorrecido, cansado, imperfeito, pera que por estes contrairos sejam conhecidas as perfeições da glória do segre primeiro. E pera que milhor sintam suas pacíficas concordanças, todolos movimentos que neste orbe criou e os efeitos deles são letigiosos, e porque nam quis que nenhũa cousa tivesse perfeita durança sobre a face da terra, estabeleceu na ordem do mundo que ũas cousas dessem fim às outras e que todo o género de cousa tivesse seu contrairo, como vemos que contra a fermosura do Verão o fogo do Estio, e contra

a vaidade humana a esperança da morte, e contra o fermoso parecer as pragas da enfermidade, e contra a força a velhice, e contra a privança enveja, e contra a riqueza fortuna, e contra a firmeza dos fortes e altos arvoredos a tempestade dos ventos, e contra os fermosos templos e sumptuosos edifícios o tremor da terra que per muitas vezes em diversas partes tem posto por terra muitos edifícios e cidades. E por serem acontecimentos que procedem da natureza nam foram escritos, como escreveram todos aqueles que foram por milagre como templum pacis de Roma, que caiu todo supitamente no ponto que a virgem nossa senhora pariu e o sovertimento das cinco cidades mui populosas de Sodoma, e dos egícios no mar Ruivo e a destruição dos que adoraram o bezerro e o sovertimento dos que murmuraram de Mousés e Arom e a destruição de Jerusalém por serem milagrosos e procederem per nova promissão divina sem a ordem deste segre nisso ter parte. E porque nenhũa cousa há i debaixo do sol sem tornar a ser o que foi, e o que viram desta calidade de tremor havia de tornar a ser per força ou cedo ou tarde, nam o escreveram. Concruo que nam foi este nosso espantoso tremor ira Dei, mas ainda quero que me queimem se nam fizer certo que tam evidente foi e manifesta a piedade do senhor Deos neste caso como a fúria dos elementos e dano dos edefícios.

E respondendo à segunda proposição contra aqueles que deziam que logo viria outro tremor e que o mar se levantaria a vinte e cinco de Fevereiro:

Digo que tanto que Deos fez o homem mandou deitar um pregão no paraíso terreal: que nenhum serafim, nem anjo, nem arcanjo, nem homem, nem molher, nem santo, nem santa, nem santificado no ventre de sua mãe, nam fosse tam ousado que se entremetesse nas cousas que estão por vir. E depois no tempo de Mousés mandou deitar outro pregão: que a nenhum adevinhadeiro nem feiticeiro nam dessem vida. E depois de feito Deos e homem deitou outro pregão sobre o mesmo caso dizendo aos discípulos: nam convém a vós outros saber o que está por vir, porque isso pertence à omnipotência do padre. Polo qual mui maravilhado estou dos letrados mostrarem--se tam bravos contra tam hórridos pregões e defesas do senhor, sendo certo que nunca cousa destas disseram de que nam ficassem mais mentirosos que profetas, e nam menos me maravilho daqueles que crem que nenhum homem pode saber aquilo que nam tem ser senam no segredo da eternal sabedoria, que o tremor da terra ninguém sabe como é quanto mais quando será e camanho será. Se dizem que por estrolomia que é ciência o sabem, nam digo eu os d'agora que a nam sabem soletrar, mas é em si tam profundíssima que nem os de Grécia, nem Mousém, nem Joanes de Monterégio alcançaram da verdadeira judicatura peso de um oução. E se dizem que por mágica, esta carece de toda a realidade e toda a sustância sua consiste em aparências de cousas presentes e do porvir nam sabe nenhũa cousa. Se por spírito profético, já crucificaram o profeta derradeiro, já nam há d'haver mais. Concruo virtuosos padres sob vossa emenda que nam é de prudência dizerem-se tais cousas pubricamente nem menos serviço de Deos, porque pregar nam há de ser praguejar. As vilas e cidades dos reinos de Portugal, principalmente Lixboa, se i há muitos pecados, há infindas esmolas e romarias, muitas missas e orações e procissões, jejuns, disciplinas e infindas obras pias púbricas e secretas. E se alguns i há que são ainda estrangeiros na nossa fé e se consentem, devemos imaginar que se faz por ventura com tam santo zelo que Deos é disso muito servido e parece mais justa virtude aos servos de Deos e seus pregadores animar a estes e confessá-los e provocá-los que escandalizá-los e corrê-los por contentar a desvairada openião do vulgo.

E porque tudo me louvaram e concederam ser muito bem apontado o mandei a vossa alteza por escrito até lhe Deos dar tanto descanso e contentamento como em todos seus reinos é desejado, pera que por minha arte lhe diga o que aqui falece. E porém saberá vossa alteza que este auto foi de tanto seu serviço que nunca cuidei que se oferecesse caso em que tam bem empregasse o desejo que tenho de o servir, assi vezinho da morte como estou: porque à primeira pregação os cristãos-novos desapareceram e andavam morrendo de temor da gente e eu fiz esta diligência e logo ao sábado seguinte seguiram todolos pregadores esta minha tenção.

(*Tormenta/Carta de Santarém*, II, 479-482)

3. TEXTOS LITERÁRIOS

1. "No mais triste ratinho s'enxergava uma alegria"

Celebrando o nascimento da infanta D. Isabel (1529), Gil Vicente assume-se como arauto de alegria, contrapondo o presente ao passado recente, identificando aquele com o prazer e este com o pesar.

AUTOR

Em Portugal vi eu já
em cada casa pandeiro
e gaita em cada palheiro
e de vinte anos acá
nam há i gaita nem gaiteiro.
A cada porta um terreiro
cada aldea dez folias
cada casa atabaqueiro
e agora Jeremias
é nosso tamborileiro.

Só em Barquerena havia
tambor em cada moinho
e no mais triste ratinho
s'enxergava ũa alegria
que agora nam tem caminho.
Se olhardes as cantigas
do prazer acostumado
todas tem som lamentado
carregado de fadigas
longe do tempo passado.

O d'então era cantar
e bailar com'há de ser
o cantar pera folgar
o bailar pera prazer
que agora é mau d'achar.
Nam cantavam de terreiro:
Terra frida déismelo
no me neguéis mi consuelo
que fez um judeu d'Aveiro
pola muerte de su abuelo.

É de feira em concrusão
e bailam-na cada dia
porque sai a melodia
tal qual fica o coração
ao revés do que soía.
Mas aqueles que folgavam
nas vilas e nas aldeas
quando as festas se ajuntavam
cantigas de mil raleas
deste compasso cantavam.

Cantando: No penedo João preto
e no penedo.

Quais foram os perros
que mataram os lobos
que comeram as cabras
que roeram o bacelo
que pusera João preto
no penedo.

Se neste tempo de glória
nacera a infanta sagrada
como fora festejada
somente pola vitória
da rainha alumiada.

Já tudo leixam passar
tudo leixam por fazer
sem pessoa preguntar
a este mesmo pesar
que foi daquele prazer.

Porém co a ajuda dos céus
imaginei ũa festa
à nossa Júlia modesta
nacida per mão de Deos
a qual festa será esta.
Quando vi de tal feição
tam frio o tempo moderno
fiz um Triunfo d'Inverno
despois será o do Verão.

Nos quais foi meu pensamento
fazer a farsa distinta
por nam gastar tanta tinta
neste primeiro argumento
e por que milhor se sinta.
O Inverno vem salvagem
castellano en su decir
porque quem quiser fingir
na castelhana linguagem
achará quanto pedir.

(*Triunfo do Inverno*, II, 75-77)

2. "Me pareció que moría"

Uma celebração de circunstância (o casamento de D. Isabel com o Imperador Carlos V) justifica um delírio imaginativo. O autor invoca umas febres como desculpa dos seus excessos, mas salvaguarda o "deseo sano".

Esta seguinte tragicomédia é chamada Templo d'Apolo. *Foi representada na partida da sacra e preclaríssima emperatriz, filha del rei dom Manoel, pera Castela, quando casou com o emperador Carlos. Era de 1526 anos.*

Entra primeiramente o Autor. E por quanto os dias em que esta obra fabricou esteve enfermo de grandes febres, vem desculpando-se da imperfeição da obra pera tam alta festa, e diz:

>Teniendo febre contina
>aquestos días passados
>la muerte puesta a mis lados
>diciéndome: aína aína
>que tus días son llegados.
>Y tomado ansí entre puertas
>me pareció que moría
>y en después de muerto veía
>las hermosas que son muertas
>que en este mundo leía.
>
>Vi cada cual como estaba
>con toda su hermosura
>y con la gran callentura
>tan recio devaneaba
>que las vi desta hechura:
>la hermosa Eva hacía
>unas migas para Adán
>sin agua ni sal ni pan
>la nieve ge las cocía
>y mexíalas Roldán.

Y Bersabé se lavaba
lo presente y lo ausente
en un arroyo corriente
y de en medio de una fuente
yo solo me la miraba.
Ella sentóse a hilar
desnuda sobre su baño
y David hecho ermitaño
salió con ella a bailar
también sin palmo de paño.

Vi andar después de aquella
Raquel guardando ganado
tan linda que su cayado
era perdido por ella
y el zurrón su enamorado.
Una flauta le vi yo
y cuando la oí tocar
presomí de la abrazar
y ella llamó por Jacob
que era ido a vendimiar.

Vi más a la reina Ester
con su hermosura tanta
matar pulgas en su manta
que tenía por coser
y ella hecha una santa.
La muy lucida Medea
hermosa sin división
vi perguntar por Jasón
puesto en una chaminea
en el techo de um mesón.

Vi la troyana Elena
con su rosto serafino
corriendo tras de un cochino

y llamando a Policena
que venía del molino.
Acudió la reina Dido
con un cucharro de Eneas
diciendo: por qué te enlleas?
Toma hombre por marido
que de ventura lo veas.

Dende aquesta callentura
maldito el seso que yo tengo
y la obra con que vengo
es de tan alta dulzura
como yo crecí por luengo.
Hice todo en castellano
el spírito mío ausente
y pues la obra es doliente
válgame el deseo sano
que estuvo siempre presente.

(*Templo de Apolo*: Didascália e fala do Autor, II, 9-11)

3. "Eu hei nome Ninguém/e busco a consciência"

Situado no seio de uma comédia de amores, celebrativa das virtudes da Lusitânia, o diálogo entre Todo-o-Mundo e Ninguém constitui um bom resumo do ideário moral perfilhado por Gil Vicente.

Entra Todo o Mundo, homem como rico mercador, e faz que anda buscando algũa cousa que se lhe perdeu. E logo após ele um homem vestido como pobre, este se chama Ninguém, e diz Ninguém:

	Que andas tu i buscando?
Todo-o-Mundo	Mil cousas ando a buscar
	delas nam posso achar
	porém ando perfiando
	por quam bom é perfiar.
Ninguém	Como hás nome cavaleiro?
Todo-o-Mundo	Eu hei nome Todo Mundo
	e meu tempo todo enteiro
	sempre é buscar dinheiro
	e sempre nisto me fundo.

Ninguém	Eeu hei nome Ninguém
	e busco a conciência.
Berzabu	Esta é boa experiência
Dinato	escreve isto bem.
Dinato	Que escreverei companheiro?
Berzabu	Que Ninguém busca conciência
	E Todo Mundo dinheiro.

Ninguém	E agora que buscas lá?
Todo-o-Mundo	Busco honra muito grande.
Ninguém	E eu virtude que Deos mande
	que tope co ela já.
Berzabu	Outra adição nos acude
	escreve logo i a fundo
	que busca honra Todo Mundo
	e Ninguém busca virtude.

244a

Ninguém	Buscas outro mõr bem qu'esse?
Todo-o-Mundo	Busco mais quem me louvasse
	tudo quanto eu fezesse.
Ninguém	E eu quem me reprendesse
	em cada cousa que errasse.
Berzabu	Escreve mais.
Dinato	Que tens sabido?
Berzabu	Que quer em estremo grado

             Todo o Mundo ser louvado
             e Ninguém ser reprendido.

    Ninguém Buscas mais amigo meu?
Todo-o-Mundo Busco a vida e quem ma dê.
    Ninguém A vida nam sei que é
             a morte conheço eu.

     Berzabu Escreve lá outra sorte.
      Dinato Que sorte?
     Berzabu Muito garrida:
             Todo o Mundo busca a vida
             e Ninguém conhece a morte.

Todo-o-Mundo E mais queria o paraíso
             sem mo ninguém estrovar.
    Ninguém E eu ponho-me a pagar
             quanto deva pera isso.
     Berzabu Escreve com muito aviso.
      Dinato Que escreverei?
     Berzabu Escreve
             que Todo Mundo quer paraíso
             e Ninguém paga o que deve.

Todo-o-Mundo Folgo muito d'enganar
             e mentir naceu comigo.
    Ninguém Eu sempre verdade digo
             sem nunca me desviar.
     Berzabu Ora escreve lá compadre
             nam sejas tu preguiçoso.
      Dinato Quê?
     Berzabu Que Todo Mundo é mentiroso
             e Ninguém diz a verdade.

    Ninguém Que mais buscas?
Todo-o-Mundo Lisonjar.

    Ninguém Eu som todo desengano.
    Berzabu Escreve ande lá mano.
    Dinato Que me mandas assentar?
    Berzabu Põe aí mui declarado
               nam te fique no tinteiro:
               Todo Mundo é lisonjeiro
               e Ninguém desenganado.

                    (Diálogo de moralidade alegórica
              inserido no *Auto da Lusitânia*, II, 406-408)

4. "Quem nunca cuidou que em Portugal/A Verdade andasse tão abatida"

A Verdade dirige-se a um Senhor, como última instância, queixando-se de que lhe não fazem honra nos sítios que percorreu (de Espanha e Portugal), incluindo o Paço.

Auto novamente feito por Gil Vicente e representado, em o qual entram as figuras seguintes: primeiramente a Verdade, um Vilão, duas Ciganas, ũa per nome Lucinda e outra Graciana, e um Parvo e outro vilão per nome Jan'Afonso e ña Velha e um Rascão que quer casar com a Velha, um pastor per nome Fernando e três moças pastoras, ũa per nome Mecia e outra Caterina e outra Filipa.
    Entra logo a Verdade e diz:

        Esteis muito embora senhor mui honrado
        esteis muito embora assi como estais
        e Deos vos faça tão prosperado
        quanto eu sei que vós desejais.
        Eu sam a Verdade

que venho senhor com grande vontade
beijar-vos as mãos como a meu senhor
pelo verdadeiro e antigo amor
que sempre vos tive por vossa bondade.

Que eu tenho corrido grã parte de Espanha
principalmente neste Portugal
e posso dizer que nunca achei tal
que me fizesse ũa honra tamanha.
Oh grande mal
quem nunca cuidou que em Portugal
a verdade andasse tão abatida
e a mentira honrada e com todos cabida
por muito melhor e mais principal.

Por isso Deos que é verdade acabada
dá pelo mundo tanta opressão
porque lá a verdade anda pelo chão
e a falsa mentira está levantada.
E pois assi é
que donde eu estou não pode haver fé
per donde esperem ser perdoados
permite o senhor que os seus pecados
os tragam sojeitos debaixo do pé.

Vim-me à corte cuidando achar
quem me fizesse algum gasalhado
sem achar nunca ninguém mal pecado
quem me quisesse somente olhar.
Oh grã crueldade
que os tempos de agora tem tal calidade
que todos no paço já trazem por lei
que todo aquele que falar verdade
é logo botado da graça del rei.

Nunca foi tempo em que o engano
tanto valesse com lisonjeria

e a verdade tivesse tão pouca valia
nem menos temessem a Deos soberano.
Oh males mundanos
mentiras, embolas e falsos enganos
quem lhes outorgou tam grande poder
que pudessem ainda fazer
todos os grandes senhores oufanos.

E tendo sabido que vós meu senhor
me tendes amizade e fé verdadeira
e por isso venho de aquesta maneira
dar-vos as graças por tão grande amor.
E com pensamento
de em vossa pousada fazer aposento
pois me amais com tanta firmeza
da vossa boca farei fortaleza
pera estar nela sempre de assento.

(Didascália e fala da Verdade no *Auto da Festa*, II, 655-657)

5. "Estou mais morta que a morte"

Depois de ter sido objecto de uma acesa contenda entre o Anjo e o Diabo, a Alma chega à Igreja, dando sinais de grande esgotamento. A duas perguntas desta, revelando grande consciência do Mal e do Bem, reconstituindo o seu itinerário de fraquezas e suplicando insistentemente guarida e auxílio.

Igreja – Quem sois? Pera onde andais?
Alma – Nam sei pera onde vou
        Sou salvagem

Sou ũa alma que pecou
Culpas mortais
Contra o Deos que me criou
À sua imagem.

Sou a triste sem ventura
Criada resplandecente
E preciosa
Angélica em fermosura
E per natura
Como raio reluzente
Lumiosa.
E por minha triste sorte
E diabólicas maldades
Violentas
Estou mais morta que a morte
Sem deporte
Carregada de vaidades
Peçonhentas.

Sou a triste sem mezinha
Pecadora abstinada
Perfiosa
Pola triste culpa minha
Mui mesquinha
A todo mal inclinada
E deleitosa.
Desterrei da minha mente
Os meus perfeitos arreos
Naturais
Nam me prezei de prudente
Mas contente
Me gozei com os trajos feos
Mundanais.

Cada passo me perdi
em lugar de merecer
eu sou culpada
havei piedade de mi
que nam me vi
perdi meu inocente ser
e sou danada.
E por mais graveza sento
Nam poder me arrepender
quanto queria
que meu triste pensamento
sendo isento
nam me quer obedecer
como soía.

Socorrei hóspeda senhora
Que a mão de Satanás
me tocou
e sou já de mi tam fora
que agora
nam sei se avante se atrás
nem como vou.
Consolai minha fraqueza
Com sagrada iguaraia
Que pereço
Por vossa santa nobreza
Que é franqueza
Porque o que eu merecia
Bem conheço.

Conheço-me por culpada
E digo diante vós
Minha culpa
Senhora quero pousada
Dai passada
Pois que padeceu por nós

Quem nos desculpa.
Mandai-me ora agasalhar
Capa dos desamparados
Igreja madre.

Alma, I, 202-203

6. "Porque assi escondes a face de mi...?"

Depois de ter recusado renegar a Deus, Job é tocado por Satanás ficando leproso. Ainda assim, persevera no reconhecimento da bondade do Criador. Na sua súplica, procura obter uma explicação para o sofrimento desmesurado que sobre si se abateu.

Toca Satanás Job e fica coberto de lepra

Job – Oh chagado de mi qu'esta é outra demanda
Oh Deos meu e porque me persigues?
Contra mi perfias
Sabendo que nada são os meus dias
Minha alma se enoja já de minha vida
E como a seta é minha partida,
Senhor meu senhor por que me desvias
De tua guarida?

Responde-me quantas maldades te fiz
Ou quantas treições obrei contra ti.
Por que assi escondes a face de mi
Como meu contrairo sendo meu juiz?
Contra folha prove
Que ligeiramente o vento a revolve
Mostras as forças que tu tens contigo.

Porque te puseste contrairo comigo
Que a tua bondade me escusa e absolve
De ser teu imigo?

Senhor, homem de molher nascido
Muito breve tempo vive miserando
E como flor se vai acabando
E como a sombra será consumido.
Pois por que senhor
Estimas tu cousa de baixo valor
Pera trazê-la a juízo contigo
E quem me darás que seja comigo
Em o inferno
Por meu guardador
E por meu abrigo?

Que a minha pele, as carnes gastadas
Logo a meu osso se achegará
E também solamente o que ficará
Os beiços acerca de minhas queixadas
Ó meus amigos
ao menos vós outros amigos antigos
amerceai-vos de mi que me vou
porque a mão do senhor me tocou
e vós perseguis-me como imigos
assi como estou.

História de Deus, I, 310-311

7. "A mim hão de comprar ũa coifinha lavrada"

Cismena, nascida de amores encobertos, é criada entre

pastores, antes de ser levada para Creta, a fim de aí cumprir destino mais alto.

Vem dous pastorinhos, Pedrinho e Afonsinho e diz Pedrinho

       Ta mãe nam faz senão chamar
       E tu ris-te Cismeninha.
Cismena – Rio-me eu da tua tinha.
Pedrinho – Outra vez t'há ela dar.
Cismena – Toma pera a tua vida.
Afonsinho – Por que davas ontem gritos?
Cismena – Porque comeu dous cabritos
       Ũa raposa parida.

Pedrinho – Eu comi papas aquesta.
Afonsinho – E minha mãe deu-me um bolo.
Joaninho – Quês-me tu dar dele tolo?
Cismena – Outro levo eu cá na cesta.
Pedrinho – Já pariu a nossa besta.
Joaninho – E nós temos tanto mel
       Que trougue a nossa Isabel.
Afonsinho – mentes Joane
Joaninho – Par esta.
Cismena – E a mim hão-de comprar
       Ua coifinha lavrada.
Pedrinho – Temos tanta marmelada
       Que minha mãe m'há de dar.
Joaninho – e meu pai há d'ir pescar
       Tomará um peixe tamanho
       Assi coma o nosso tanho
       E nam vo-lo hei de dar.

Pedrinho – Olha Joane
Joaninho – Há?
Pedrinho – Dar-m'ás tu um tamaniño.

Afonsinho – Nós temos outro menino
　　　　　　Que minha mãe pariu amenhã.
　Cismena – E eu nam tenho no carril
　　　　　　Dous alfenetes qu' achei.
Joaninho – Também eu er acharei
　　　　　　Algum dia algum ceitil.

　Pedrinho – E a mi dão-me sardinha inteira.
Afonsinho – Oh
　Pedrinho – Pela Virgem Maria.
Joaninho – Nam t'açoutaram noutro dia
　　　　　　Por jurar dessa maneira?
　　　　　　Pelos santos evangelhos
　　　　　　Qu'eu o diga a teu cunhado.
Afonsinho – Ó fi de puta pelado
　　　　　　E tu juras como os velhos.

　　　　　　Pela fé de Jesu Cristo
　　　　　　Que a teu pai o diga eu.
　　　　　　Joaninho – Ó fi de puta sandeu
　　　　　　Bem te parece a ti isto?
　　　　　　Pola hóstia consagrada
　　　　　　Que merecias pingado.
Afonsinho – Vamos buscar nosso gado
　　　　　　Fique Cismena apartada.

Rubena, I, 390-91

4.

DISCURSO DIRECTO [6]

---

[6] Os testemunhos (inéditos) que se seguem foram colhidos junto de leitores especialmente qualificados dos textos de Gil Vicente: editores, tradutores, encenadores, actores e professores.

DISCURSO DIRECTO

1. JOSÉ CAMÕES

Investigador doutorado do Centro de Estudos de Teatro da Universidade de Lisboa.
Editor de Teatro Português: Gil Vicente. *Todas as Obras* (CD-Rom, Centro de Estudos de Teatro / Comissão Nacional para as Comemorações dos Descobrimentos Portugueses, Lisboa, 2001), *Obras* de Gil Vicente (Imprensa Nacional-Casa da Moeda, Lisboa, 2002), *Filodemo* de Luís de Camões (Edições Cotovia, Lisboa, 2004), *Obras* de Afonso Álvares (Imprensa Nacional-Casa da Moeda, Lisboa, 2006), Teatro de Autores Portugueses do Século XVI (CD-Rom, Centro de Estudos de Teatro, Lisboa 2006), *Teatro* de António Prestes (Imprensa Nacional-Casa da Moeda, Lisboa, 2007), *Teatro* de autores portugueses desconhecidos do século XVI (Imprensa Nacional-Casa da Moeda, Lisboa, em curso de publicação).

"Considero uma edição um *estar* e não um *ser*"

1 – Como explica a escassa fortuna editorial de Gil Vicente?

Não sei se poderemos falar em escassa fortuna editorial de Gil Vicente, tomando a expressão como indicativa quer de pouca quantidade quer de fraca qualidade. Na verdade, ao percorrer as edições da sua obra, podemos verificar que Gil Vicente talvez seja o autor português que mais vezes viu a sua obra completa editada em conjunto. Conto nada menos do que 14 edições da obra completa, para além de 3 projetos que ou não chegaram a concluir-se e de 1 que nem sequer chegou a começar, tendo ficado pelo anúncio. Creio, também, tratar--se do único autor português com a totalidade da sua obra traduzida para uma outra língua, o italiano[7]. O facto de alguns dos seus textos terem durante mais de um século integrado o repertório escolar fez com que a edição avulsa das suas obras fosse abundante, privilegiando edições comentadas e acompanhadas de glossários de termos arcaicos ou caídos em desuso. No entanto, esta última particularidade provocou ao mesmo tempo uma cristalização no conhecimento da obra de Gil Vicente e uma desatenção aos aspectos editoriais. De facto, durante muitos anos apenas se conheceram três ou quatro títulos, com destaque para a *Barca do Inferno*. É de longe a obra mais editada e, no entanto, basta percorrermos os manuais escolares que disponibilizam o texto para nos apercebermos de que nem sempre foram tidos em conta critérios rigorosos. Para além de constituírem, por si mesmos, fontes de saber facilmente acessíveis, os manuais deverão instituir-se como fonte fidedigna de informação para crianças, adolescentes e adultos. O erro, uma vez instalado, pode ser repetido até à exaustão. É sobre eles que assentam certezas que configuram uma cultura. Seria interessante e produtivo indagar junto dos gabinetes ministeriais que tutelam os organismos

---

[7] Cf. *Teatro*, Tradução para italiano de Enzio di Poppa Volture, Firenze, Sansoni, 1953, 2 vols.

responsáveis por estas matérias por que razão as edições críticas de I. S. Révah e de Paulo Quintela terão ficado fechadas em livros hoje pouco acessíveis e não terão sido, nem uma nem outra, as utilizadas como referência ao longo de cinco décadas de sucessivas edições escolares. O que me leva a perguntar para que se fazem edições críticas. Se a motivação é preparar um texto de modo a assegurar a continuidade histórica do pensamento e a facilitar a transmissão do património, por que razão as edições críticas não vingam, ou melhor, por que razão os textos estabelecidos por essas edições não são os que se divulgam?

2 – Como lhe ocorreu editar Gil Vicente?

A minha experiência editorial com Gil Vicente começou há cerca de 20 anos, fruto de trabalho universitário na cadeira de História do Teatro da Faculdade de Letras da Universidade de Lisboa, que veio a materializar-se na *Colecção Vicente* (Quimera Editores) dirigida por Osório Mateus entre 1988 e 1992. Há dez anos, em 1996, recebi uma proposta da Comissão Nacional para a Comemoração dos Descobrimentos Portugueses para editar a Obra Completa em CD-Rom. O facto de se tratar de um projecto pioneiro em Portugal foi determinante. Decorrente dessa circunstância antevia um estimulante trabalho inovador que implicava estudo e riscos de concepção, e que, sobretudo, implicava trabalho em equipa, modo laboral a que a investigação em Humanidades não pode ser alheia. Atraía-me conceber um modo de leitura que dotasse o utilizador de uma agilidade de movimentação pelos conteúdos que um livro não permite, facilitando-lhe o acesso não só à leitura dos textos, como também à confrontação automática com os fac-símiles e, no caso dos textos em que se apresenta mais do que uma edição quinhentista, entre as diferentes lições.

Poucos anos mais tarde, de modo a fazer coincidir a edição com os 500 anos decorridos sobre a primeira representação de teatro de Gil Vicente, a Imprensa Nacional-Casa da Moeda juntamente com o Centro de Estudos de Teatro promoveu a edição em papel (2002).

3 – Que hesitações teve que vencer?

Nas três etapas, chamemos-lhes assim, que percorri na minha actividade editorial da obra de Gil Vicente, trabalhei com modelos e formas complemente diferentes entre si, o que me tem vindo a dotar de mecanismos de reflexão que vão diluindo as hesitações ao longo do processo editorial.

Creio que uma edição de um clássico é determinada por factores muito diversos entre si, não sendo um dos menos pertinentes o público a que se destina, circunstância que pode indicar caminhos a seguir. Se a edição crítica se destina a dar a conhecer um texto próximo de um arquétipo, o aparato de que normalmente surge acompanhada é de tal forma ruidoso e impenetrável que desmotiva qualquer leigo. Quer na edição eletrónica quer na edição em papel que dirigi, pretendia fabricar um novo tipo de edição que se libertasse dos ruídos que a ecdótica tem vindo a fixar em letra de forma e que fazem com que algumas edições críticas se tornem objectos apenas decifráveis por especialistas que, em última análise, não precisam delas.

Do mesmo modo que cada nova edição se pergunta, e ambiciona responder, qual é o verdadeiro texto de Gil Vicente, devem o Editor e a casa editora interrogar-se sobre qual o modo adequado à apresentação da leitura. Foi a primeira questão que me coloquei quando trabalhei com materiais da mesma ordem dos originais (papel e letras impressas): como relacionar-me editorial e criticamente com um livro, com a *Copilação de todalas as obras* de Gil Vicente, impressa em Lisboa, em 1562, por João Álvares, que é fonte quase única para o conhecimento dos textos daquele autor? Para além de dar a ler obras, quis dar a conhecer livros. E de várias maneiras: as reproduções dos originais quinhentistas, as transcrições integrais, na sequência que os primeiros editores armaram. No CD-Rom, pela sua natureza, a questão não se pôs. Não se tratava de um livro, embora nele se contenha, pelo menos, um livro e se reproduzam as páginas de vários livros. A organização é outra, os modos de ler são outros, aumentando proporcionalmente a liberdade e a responsabilidade do leitor.

Na edição em papel, mantive memória da articulação original em cinco livros nos cinco volumes que a compõem, apresentando uma mecânica que permite de modo confortável cotejar duas versões – das obras que as têm – confrontando não só as transcrições dos textos como também as reproduções das edições quinhentistas que serviram à sua fixação (os folhetos, a *Copilação* de 1562 e a *Copilação* de 1586).

Penso que é importante que o editor científico ou literário tenha algum poder de intervenção na feitura do livro que extravase as competências que lhe são normalmente reconhecidas. Tal como acontece com todos os produtos lançados no mercado, é absolutamente necessário que alguém os teste, que avalie da legibilidade dos objectos, da solidez dos suportes. O trabalho do Editor não se esgota com a entrega dos conteúdos. O significado cultural do gesto do Editor é, no imediato, o da contribuição para o alargamento do conhecimento, é o exercício da tão proclamada difusão cultural. Penso que é ainda seu direito e sua obrigação interferir na paginação do livro, decidir da sua organização, abri-lo e, se verificar que este se parte, ter a liberdade de sugerir (o poder de exigir) à casa editora que o mande coser em vez de o colar. Nesse sentido, a forma proposta para a edição em papel, formato amplo em cinco volumes, foi fixada após hesitações várias e experiências diversas. Sobretudo no que diz respeito à articulação dos volumes.

A decisão de na edição em papel incluir nos volumes de texto (I e II) apenas as notas textuais que permitem dispensar o confronto com o original, autonomiza aquela leitura. No entanto, a leitura destes textos não requer apenas uma «decifração» da língua do século XVI; os escritores e o público desse período tinham uma formação completamente diferente da que tem um leitor médio de hoje, pelo que é necessário dotá-lo de meios que o habilitem, se não para produzir juízo crítico sobre a matéria apresentada, pelo menos para conhecer-lhe os significados de modo a poder interpretá-la. Muito concretamente, para além das referências, então banais, à cultura greco-latina e à cultura religiosa assente na Bíblia e nos textos litúrgicos, que hoje quase desapareceram do conhecimento do cidadão médio, é necessário informar do contexto histórico, uma vez que o teatro fala sempre da atualidade. O gesto de fabricar um volume (o V) com as anotações (conjunto de notas que esclarecem sentidos, indicam fontes, ou contextualizam os escritos, e que, para além de exibirem novidades, albergam um arquivo de leituras anteriores, convocando o leitor para a comunidade de leitores daqueles textos), os textos complementares a essas anotações, o glossário, a bibliografia, os índices remissivos e enciclopédicos, deve ser, e foi, entendido como contributo para a dignificação desse aparato e, subsequentemente, do trabalho do editor. Nas edições correntes, esse trabalho é, na maior parte das vezes, inconscientemente, é certo, menosprezado de várias formas, por exemplo ao ser apresentado em corpo de letra menor do que o do texto do Autor anotado, ou até esquecendo a indicação do nome do editor na folha de rosto, quando essa omissão resulta apenas de puro desleixo e não esconde pirataria. Importa que de editor se chegue a Editor.

4 – Quais as dificuldades que pesaram mais no seu trabalho?

O CD-Rom foi *ab initio* criado na virtualidade. A primeira dificuldade a superar foi a da libertação do códex, ou seja, ter em conta a organização não-espacial do hipertexto, e o consequente alheamento de uma estrutura linear. O projeto foi concebido sem recurso a exemplos palpáveis, utilizando o mesmo meio do que seria o produto final, a própria informática, para estabelecer a comunicação entre as partes envolvidas: filologia e engenharia informática. A conceção é um processo individual que pode (mas não deve, obrigatoriamente) colher sugestões e críticas vindas de olhares exteriores. Por outras palavras, analisar, juntamente com a equipa informática, os requisitos para a montagem de um protótipo. Foi uma fase crucial no desenvolvimento do projeto. Foi neste período que surgiram más interpretações e dificuldades de comunicação decorrentes da utilização de linguagens diferentes (atribuição de nomes diferentes às mesmas coisas, por exemplo), o que é frequente tendo em conta que a informática tem vindo a desenvolver um código linguístico próprio com recurso, evidentemente, a léxico que, na sua primária função integrada no sistema social de comunicação, tem caraterísticas semânticas diversas do que a informática «pensa»; e o mesmo acontece quando um «leigo» pretende fazer-se entender por um informático e utiliza, «incorrectamente» o vocabulário que acha próximo da ideia que tem do que seja «a língua» informática. Uma vez eliminados estes ruídos, o trabalho desenvolveu-se em normalidade.

Nas duas edições, o estabelecimento das normas de transcrição dos textos absorveu grande parte da energia e atenção iniciais, sobretudo quando tenho como ponto assente que a estrutura fixada tem de ser flexível e aceitar alterações ao longo do processo. No entanto, o facto de lidar com testemunhos de ordem variada, desde impressos contemporâneos do autor e posteriores à escrita, até impressos realizados décadas depois da morte do autor e, consequentemente, das primeiras apresentações, não impôs dificuldades, uma vez que o estado da representação gráfica da língua pouco se alterou. Daí ter optado por uma transcrição tendencialmente regularizadora tomando como referência a ortografia que está em vigor em Portugal desde 1945. Esta medida justifica-se pelo facto de ambas as edições serem acompanhadas de reproduções facsimiladas das edições quinhentistas dos textos, o que as dispensa de preocupações figurativas quer a nível ortográfico, quer tipográfico. Todas as letras e sinais que não pertencem à norma vigente foram substituídos pelos seus correspondentes modernos, excepto se traduzem um facto de língua próprio do séc. XVI que não possa ser de outra forma representado; neste caso, foram conservadas as grafias antigas. Assim como a estrutura discursiva, a frase e o vocabulário de cada texto são deixados intactos (ressalvados os manifestos erros da edição de base, que são emendados e anotados), assim a prosódia e a fonética o são também. Este cuidado de não tocar nos factos de língua é imperativo em qualquer edição de texto antigo, mas ganha especial significado quando se trata de textos de teatro, que foram concebidos para serem produzidos em vozes altas e não em leitura silenciosa.

O teatro em verso pode instalar-se como documento de um estado da língua, mais do que os textos entendidos como puramente literários. O facto advém de a convenção teatral quinhentista se encontrar próxima de um modo realístico de representação do real, passe o pleonasmo. Só uma «grafia fonética», que sabemos não ser o caso da norma portuguesa, pode dar conta das sonoridades quinhentistas (cf. *calidade*, *sabês*, *cajo*, etc.), e de outras ainda activas na língua (a *iágua* ou a *iáuga*).

É necessário ter em conta que já desde o século XVI num mesmo texto para teatro convivem níveis de língua diversos. Se no teatro de Camões é possível encontrar léxico próprio dos níveis popular e familiar, já nas odes e sonetos, por exemplo, o próprio género impede a utilização de vocabulário considerado desadequado à forma literária. Mais evidente se torna o fenómeno quando se trata de éclogas. Uma écloga para teatro, como as dos salmantinos Juan del Encina ou Lucas Fernández, é portadora de um sistema linguístico que difere do das éclogas para leitura, silenciosa ou não. De tal maneira essa consciência se encontra instalada na composição de textos teatrais do século XVI que muitas vezes é, a um tempo, matéria e assunto do próprio teatro. Recordo as personagens nobres disfarçadas de pastores ou vilões do teatro de Gil Vicente (*Dom Duardos, Viúvo*) em que a mudança da linguagem concorre para a eficácia do próprio disfarce.

Se mais não fosse, esta circunstância seria suficiente para apartar o teatro dos demais textos, no momento de estabelecer critérios de transcrição a aplicar-lhe. É pois necessário «inventar» por vezes uma grafia que corresponda, de facto, a uma oralidade. Até há pouco tempo, depois de ultrapassada a dúvida dicotómica entre conservar/modernizar, a fixação dos textos era feita pelos editores com vista a uma possível uniformização de critérios, se bem que, paradoxalmente, fomentassem uma diversidade irreconciliável, mas gradualmente foram surgindo tendências que consideram cada objecto caso a caso.

Acrescento ainda o facto de no caso dos impressos de teatro dos séculos XVI a arbitrariedade ortográfica do impressor, do tipógrafo compositor e a (conjeturada) do autor não ser tomada em conta e o olhar que os editores modernos têm sobre as formas gráficas apresentadas ser desfocado pela normalidade. Na minha proposta editorial, sempre que a sintaxe permite duas ou mais leituras, as alternativas são apresentadas em nota.

5 – **Em sua opinião, o que pode ainda ser feito no que toca a edições vicentinas?**

Talvez fosse de considerar a tradução para português das obras em castelhano e a tradução para castelhano das obras em português. Em Espanha o conhecimento da obra de Gil Vicente reduz-se quase exclusivamente a *Dom Duardos*, sendo de louvar algumas iniciativas recentes de dar a conhecer outros títulos do autor, levadas a cabo por edições decorrentes de espectáculos realizados por Ana Zamora (*Sebila Cassandra, Quatro Tempos, Dom Duardos*).

Considero uma edição um *estar* e não um *ser*, não acreditando, por isso, em edições definitivas. Em meu entender, falta ainda levar a cabo um projeto que penso fazer todo o sentido e que ainda não foi efectuado. Trata-se de uma edição monográfica de todos os textos de Gil Vicente. A ideia esteve na origem do projecto da colecção Vicente (Quimera Editores) que, por motivos de ordem diversa, acabou por não contar com os textos integrais de todas as obras de Gil Vicente. Há cadernos, a grande maioria, por sinal, que editam a totalidade do texto analisado fragmentando-o à medida que são intercalados comentários; há outros que editam apenas excertos do texto analisado; e ainda outros, muito poucos, que se constituem apenas como ensaio sobre determinado texto de Gil Vicente. Mas a verdade é que não há nenhuma edição, pensada como tal, que edite os textos separadamente, um a um. Seria um projecto que veria com bons olhos. Penso que seria de constituir um modelo que servisse todos os públicos interessados na obra de Gil Vicente, desde o escolar até ao erudito, passando pelo curioso. Os textos deveriam ser acompanhados de notas críticas e filológicas, de um glossário e, eventualmente, da reprodução das primeiras edições, uma vez que a digitalização dos exemplares se encontra feita e o processo de duplicação é barato.

O encontro produtivo entre a crítica textual e as potencialidades informáticas na abordagem científica do texto de teatro produziu resultados que, para já, concluo serem bastante positivos. De um mesmo gesto podem nascer objectos diferentes que servem propósitos diferentes. É necessário encontrar meios para recuperar para o livro o prazer da leitura; deixar para outros suportes os esforços do estudo árduo, como os exercícios gramaticais ou o reconhecimento aleatório de recursos estilísticos, pensando num público da escolaridade obrigatória, contribuindo desse modo para libertar os autores clássicos do anátema infligido pelos preconceitos escolares, que os transformaram em lendárias dificuldades insuperáveis. Acredito que pode ser trabalho para modernidades futuras.

2. ŠÁRKA GRAUOVÁ

Professora de Literaturas de Língua Portuguesa no Instituto de Estudos Românicos da Faculdade de Letras da Universidade Carolina de Praga (República Checa). É tradutora de Literatura Portuguesa (v.g. Vergílio Ferreira: *Para sempre*) e brasileira (v.g. J. M. Machado de Assis: *Memórias Póstumas de Brás Cubas*; Mário de Andrade: *Macunaíma*; Ana Miranda: *Boca do Inferno*). Junto com a editora Torst, fundou e dirige a colecção "Biblioteca Luso-Brasileira", destinada a apresentar ao público checo obras de Literatura Portuguesa e Brasileira.

"Gil Vicente teve sorte na República Checa"

1 – Como e quando chegou ao conhecimento de obra vicentina?

Nos meus tempos de estudante, o Departamento de Português da nossa Faculdade de Letras era muito pequeno (só tinha uma professora interna) e confesso que, naquela época, Gil Vicente não me causou grande impressão. Hoje acho que foi pelo facto de ele ter sido, até há pouco, apresentado entre nós no contexto do teatro espanhol do "Siglo de Oro" – como um precursor que cedo foi ultrapassado por autores de maior vulto. Mas já então havia uma peça de Gil Vicente traduzida para checo: Vladimír Mikeš, que depois chegou a publicar um livro sobre o teatro do Século de Ouro espanhol, tinha traduzido a *Farsa de Inês Pereira* para uma encenação na Rádio Checoslovaca (1967).

2 – Porque se dispôs a estudar Gil Vicente?

Quem nos apresentou Gil Vicente, foi na verdade František Listopad (em Portugal conhecido como Jorge Listopad), um exilado checo que voltou a Praga depois da queda do antigo regime. Quando o conheci, no início da década de 90, já tinha o projeto de encenar um auto de Gil Vicente num teatro checo. Ele convenceu a tradutora Vlasta Dufková a empreender a difícil tarefa de fazer uma tradução filológica do *Auto da Barca do Inferno* (a versão final que respeita métrica e rima do original, é obra de um grande romanista e tradutor checo: Jiří Pelán). Primeiro, fui convidada para ajudar a resolver algumas dificuldades textuais do auto vicentino – o que representou um primeiro contacto mais profundo com a obra vicentina – e, logo depois, para escrever um comentário para o livrinho que serviu de programa de encenação da *Barca do Inferno* no Divadlo na Provázku em Brno.

É preciso dizer que Gil Vicente teve sorte na República Checa: a tradução do auto é extraordinária e a encenação de František Listopad era de uma invenção e originalidade inusitadas. As suas soluções (como p. ex. a identificação do Judeu do auto com Fernando Pessoa, recitando "Ode marítima", ou o desempenho dos papéis do Anjo e do Diabo pela mesma actriz, relativizando a oposição entre o Bem e o Mal da peça) davam para pensar – exactamente pelo facto de contestarem muito daquilo que o próprio Gil Vicente quis dizer. E se, anos depois, cheguei a escrever um texto de certa extensão sobre o auto, o impulso inicial foi dado por František Listopad.

3 – Que dificuldades maiores teve de enfrentar?

Acho que as maiores tribulações enfrentadas por um estrangeiro ao embrenhar-se no complexo texto vicentino são causadas pela falta de uma edição crítica comentada. Pessoalmente, senti dificuldades de duas ordens: primeiro as linguísticas – tanto sintáticas como vocabulares – que o texto apresenta e que as edições escolares, por alguma razão, muitas vezes passam por alto; – no momento da edição bilingue da *Barca do Inferno*, que constitui o primeiro volume da nossa Biblioteca Luso-Brasileira, tivemos a possibilidade de recorrer à edição crítica de Paul Teyssier. Foi uma grande ajuda deixando-me entrever, mesmo que só na fase finalíssima do nosso trabalho, o quanto umas boas edições comentadas (e um bom dicionário do português antigo!) melhorariam o nosso entendimento sobre Gil Vicente; segundo, há as dificuldades derivadas do contexto, tanto ideológico como histórico (um leitor checo não pode deixar de se perguntar, como é que Gil Vicente não acabou queimado, com as idéias que vão, em alguns pontos, muito além dum João Hus). Um tradutor tem que optar por uma solução em cada palavra e cada verso e, por exemplo, uma série de topónimos vagos que, evidentemente, traziam uma informação muito precisa para o espectador original, causa-lhe verdadeiro suplício.

4 – **Como avalia a recepção do leitor checo ao teatro de Gil Vicente?**

Como já disse, Gil Vicente teve sorte na sua apresentação ao leitor checo. O texto da tradução saiu excepcionalmente vivo, incluindo as séries de imprecações de Joane – verdadeiras jóias de insulto – mostrando a potencial carga inventiva de um impropério não mecanizado. Acho que foi por isso que o *Auto da Barca do Inferno* foi muito bem recebido e, inclusive, mencionado por várias pessoas no prestigioso Inquérito destinado a encontrar o Livro do Ano, feita pelo diário *Lidové noviny*. Hoje em dia, o livro publicado há um ano, numa tiragem de 500 exemplares, está praticamente esgotado. Gil Vicente entrou na cultura checa pela porta principal.

5 – Em sua opinião, o que falta a Gil Vicente para ser mais conhecido no plano internacional?

A minha experiência pessoal fez-me ver Gil Vicente como fascinante em dois aspectos: na própria força poética do texto – que faz o seu sucesso ou insucesso depender de um tradutor inspirado, congenial; o segundo ponto de fascínio é para mim constituído por Gil Vicente como um representante daquele extraordinário período da cultura portuguesa que foi, ao mesmo tempo, o "Outono da Idade Média" e a uma espécie de "Equinócio invernal do Renascimento". Acho que nos falta um melhor conhecimento sobre esse momento da cultura portuguesa – do qual a arte manuelina e a literatura de Gil Vicente, Sá de Miranda ou Bernardim Ribeiro são só faces distintas – para podermos melhor pensar Gil Vicente como um ponto singular da história da cultura europeia.

3. ANNE-MARIE QUINT

Professora Emérita. Foi catedrática de Língua e Literatura de Portugal e do Brasil na Universidade Sorbonne Nouvelle-Paris III. Como área privilegiada de pesquisa tem a literatura portuguesa dos séculos XVI e XVII. Além de outras obras (de Bernardim Ribeiro, Camões, etc.) traduziu para francês o *Auto da Alma* e o *Auto da Feira*, de Gil Vicente (Paris, Ed. Chandeigne, 1997).

"Precisam-se encenadores de talento"

1 – Como e quando contactou, pela primeira vez, com a obra de Gil Vicente?

Contactei pela primeira vez com a obra de Gil Vicente durante os meus estudos de Letras Portuguesas, na Sorbonne, durante o ano lectivo 1961-1962 o professor I. S. Révah dava um curso de «História da Língua Portuguesa» (uma maravilha) e comentou em particular o *Auto da Barca do Inferno* e o *Auto da Cananeia*. Naquela altura, os estudantes «especializados» em português eram muito poucos (seis ao todo) e acho que o contacto e o diálogo com um investigador de tal nível, que expunha o resultado da sua pesquisa ao mesmo tempo que ela progredia, foi uma experiência excepcional para os principiantes que éramos. Mais tarde, e já como professora na Universidade de Poitiers e logo de Paris III, quando fui colega do Professor Paul Teyssier (que ensinava em Paris IV), tive várias ocasiões de explicar obras de Gil Vicente aos alunos de Estudos Portugueses e aos candidatos aos concursos de acesso ao ensino secundário (CAPES e Agrégation): *Romagem de Agravados*, *Auto da Feira*, *Auto da Barca do Inferno*, *Auto Pastoril Português*, *O Velho da Orta*, *Farsa de Inês Pereira*, *Quem tem farelos?*, etc.

2 – Como se decidiu a traduzir Gil Vicente para Francês?

Acho que na origem, houve um projeto elaborado por Paul Teyssier e Michel Chandeigne. Tratava-se de traduzir a obra completa de Gil Vicente e de revelar ao público francês um dramaturgo pouco mais que desconhecido. O Professor Paul Teyssier já tinha traduzido três peças em espanhol (*Sibila Casandra*, *Barca da Glória*, *Don Duardos*) para o volume *Théâtre espagnol du XVIe Siècle*, na prestigiosa colecção «La Pléiade», da Editora Gallimard (1983). Ele encarregou-se de constituir uma equipa de tradutores composta de colegas universitários, e com o apoio de Chandeigne, explicou que íamos escolher a(s) peça(s) que desejávamos traduzir e que haveria uma troca de textos traduzidos, cada um colaborando assim, graças a uma crítica construtiva, no trabalho dos outros. Ele queria promover edições bilingues, destinadas tanto aos estudantes das uni-versidades como aos alunos de liceus ou a um público culto interessado pelo teatro. Acho que todos os colegas contactados aceitaram com entusiasmo a empresa. E foram esco-lhidas as primeiras peças. Eu já tinha feito uma primeira tradução do *Auto da Alma* para facilitar o acesso à peça para o público de Paris III interessado pela encenação realizada na Universidade pela minha colega Teresa Mota-Demarcy, em 1994. Por isso escolhi essa peça e o *Auto da Feira*, que estava então no programa dos cursos de Licenciatura de Estudos Portugueses, e estava também com vontade de traduzir *O Velho da Orta* e *Romagem de Agravados*. O próprio Teyssier começou a série com a edição em 1995 de *La plainte de Maria la Noiraude* (*Pranto de Maria Parda*). O ano mais fasto foi 1997, com a publicação de:

– *La farce des muletiers* (*Farsa dos Almocreves*), trad. de Olinda Kleiman.
– *Le jeu de l'Âme*, *Le jeu de la Foire* (*Auto da Alma*, *Auto da Feira*)), trad. d'AnneMarie Quint.

– *Triomphe de l'hiver et du printemps*(*Triunfo do Inverno & do Verão*), trad. de Paul Teyssier.
Só em 2000 foi publicado *La barque de l'Enfer* (*Auto da Barca do inferno*), trad. de Paul Teyssier.

3 – Que dificuldades teve que enfrentar nessa tarefa?

Houve muitas dificuldades. O próprio estabelecimento do texto levantou alguns problemas. Felizmente, a Biblioteca do Instituto Cultural Calouste Gulbenkian facilitou o acesso à edição fac-similada da *Copilaçam* de 1562, agora disponível na edição do Centro de Estudos de Teatro da Universidade de Lisboa. No meu caso, por exemplo, o regresso à *Copilaçam* permitiu-me compreender melhor uns versos da cena final do *Auto da Feira* (v. 867-880). Quase todas as edições modernas emendam o verso 876, mudando o interlocutor, quando a estrutura geral da cena impõe o que traz a edição original : simplesmente, uma pontuação mais precisa permite conseguir um significado coerente, sem outra emenda.

Para as notas e comentários, as edições anteriores ajudaram muito. Como sempre acontece em trabalhos deste género, a reflexão nova trouxe alguns resultados novos também. Por exemplo no meu caso, pude acrescentar alguns dados quanto à data exata da representação do *Auto da Alma*, ou à influência do rosário (os mistérios dolorosos) na escolha das etapas da Paixão de Cristo na mesma peça. Por outro lado, e apesar do que julga Braamcamp Freire, parece-me muito provável a data de Natal 1527 (que era uma quarta-feira, dia de Mercúrio) para a primeira representação do *Auto da Feira*.

As dificuldades maiores para a tradução vieram da distância entre os conceitos de Gil Vicente e a cultura do público de hoje, entre a língua do século XVI e a dos nossos dias. Edições e traduções foram discutidas e lidas por nós três: Paul Teyssier, Olinda Kleiman e eu. Houve uma verdadeira colaboração. Desejávamos conseguir uma tradução legível por um leitor atual relativamente culto sem demasiados problemas. Não queríamos renunciar ao ritmo dos versos vicentinos. Afinal, Teyssier e eu resolvemos traduzir os metros portugueses por metros parecidos em francês, dando a prioridade ao ritmo sem buscar rimas. Ambos chegámos à conclusão de que as redondilhas portuguesas correspondiam seja ao heptassílabo, seja ao octossílabo francês, sendo o heptassílabo mais próprio para as passagens líricas, e o octossílabo mais adequado aos efeitos cómicos. Para os versos de arte maior que aparecem no *Auto da Feira*, escolhi sem hesitar o ritmo do alexandrino francês.

Pareceu-nos que podíamos conseguir assim, não exatamente versos, mas uma prosa cadenciada, fácil de dizer em voz alta, que pudesse ser adotada sem grandes modificações por actores eventuais.

Estivemos totalmente de acordo com Olinda Kleiman que, no caso da *Farsa dos Almocreves*, procurou sistematicamente rimas, julgando que produziam um efeito cómico certo.

4 – **Enquanto investigadora, quais os aspectos que mais a intrigam, na aproximação à obra de Gil Vicente?**

Há muitos aspectos intrigantes. Primeiro a liberdade de tom dum escritor, apesar de ser obrigado a ter em conta as opiniões vigentes na corte, e a respeitar o bel-prazer do rei, e até os seus gostos. É certo que a vis cómica torna aceitável muita da crítica, assim como a virtuosidade da linguagem. Mas parece-me que muitas alusões à sociedade do tempo, à atualidade da corte, inclusive às orientações políticas do governo real, ainda não foram devidamente esclarecidas, apesar de tudo o que já foi escrito sobre o autor e a obra.

Outra coisa que me intriga é a cultura de Gil Vicente. Discordo de Carolina Michaëlis que a julga elementar. Como não se sabe nada de certo sobre a sua formação, só se podem emitir hipóteses. A cultura popular é bem clara e extensa. Mas, em particular no *Auto da Feira*, o prólogo paródico de Mercúrio torna evidente um conhecimento aprofundado da mitologia, das crendices e superstições, e até da língua latina, que é preciso conhecer bastante bem para conseguir uma paródia tão acertada. É provável que a frequentação do paço facilitasse os contactos com toda a classe de pessoas, diplomatas estrangeiros em particular, que podiam informar o escritor sobre o que se fazia e o que se lia nas outras cortes da Europa. E no *Auto da Alma*, a cultura religiosa não pode vir apenas da liturgia e dos sermões ouvidos por um cristão devoto.

Um aspecto interessante também é a evolução do seu teatro, nesse espaço de mais de trinta anos, entre 1502 e 1536: Evolução na escrita, nos temas, na mestria da estrutura teatral. Embora algumas datas sejam incertas, é possível fazer-se uma ideia do amadurecimento do dramaturgo durante esses anos.

5 – Em sua opinião, porque não beneficia ainda a obra de Gil Vicente de um maior reconhecimento internacional?

O primeiro motivo, a meu ver, é a insuficiência de representações. A representação em Paris do *Pranto de Maria Parda* por Maria do Céu Guerra, e mais tarde a do *Triunfo do Inverno* por Luís Miguel Cintra foram autênticos sucessos (nos anos 90, não me lembro da data exacta). No entanto, esse sucesso foi devido, antes de tudo, à presença de uma multidão de pessoas de origem portuguesa, ou de filhos de portugueses emigrados, já que poucos franceses são capazes de compreender o texto. Uma obra teatral como a de Gil Vicente foi feita para ser representada, não só para ser lida. Pouca gente, a não ser os profissionais ou os estudantes, lê textos teatrais.

O editor Chandeigne, aliás, lamenta este facto. As edições de 1997 tiveram algum eco na imprensa, e um acolhimento bastante favorável. Mas como não foram seguidas de representações, o eco apagou-se, e o projeto iniciado no entusiasmo revela-se um fracasso comercial. A tal ponto que o meu colega

Bernard Martocq (Universidade de Provence), que acaba de terminar a edição-tradução da *Farsa de Inês Pereira*, destinada à colecção bilingue das edições Chandeigne, ficou muito dececionado ante as reservas do editor. Talvez a nossa escolha não tenha sido a mais susceptível de chamar a atenção de encenadores dos nossos dias. Há ideias feitas sobre o «génio» de cada povo. É um lugar comum dizer que os portugueses nascem poetas, que a produção literária portuguesa vale antes de tudo pelo lirismo (ah! a saudade!). Os próprios portugueses têm evidentemente uma parte de responsabilidade na difusão desses lugares comuns. O público francês medianamente cultivado ouviu falar de Camões e Pessoa, talvez de Eça de Queiroz e agora de Saramago. Fora disso...

Eu acho que seria necessário conseguir que algum encenador ou ator de talento se interessasse por essa obra, sobretudo agora que dispomos de várias peças traduzidas. Os esforços dos professores no âmbito escolar ou universitário parecem insuficientes. Por minha parte, insisti para que Teresa Mota faça ler as peças de Gil Vicente ao seu filho, Emmanuel Demarcy, director do TNP de Reims. Mas sem resultado até agora.

4. JOSÉ RUSSO

Ator profissional e encenador. Integra o elenco permanente do Centro Dramático de Évora e faz parte do núcleo de atores que trabalham também com os Bonecos de Santo Aleixo. Em 1986 estudou em Paris, como bolseiro do Governo Francês, na área do teatro. Coordena a organização da Bienal Internacional de Marionetas de Évora – BIME desde a primeira edição em 1987. É membro da direção do CENDREV desde 1990.

"A presença de Gil Vicente nos palcos portugueses já foi menor."

1 – A minha história com Gil Vicente

O meu primeiro contacto com a obra de Gil Vicente, depois dos tempos de estudante, de que não guardo memória, aconteceu em 1978, tinha acabado de entrar para a Escola de Atores. No Teatro Garcia de Resende estreava então *O Velho da Horta* dirigido por Mário Barradas. Daí para cá não mais o perdi de vista porque ao longo dos meus quase trinta anos de carreira profissional já participei em cerca de uma dezena de espetáculos realizados a partir de textos de Mestre Gil. Habituei-me a trabalhar este grande autor dramático com quem fui aprendendo a conhecer melhor os desenhos do jogo teatral que a sua obra explora, nomeadamente através da teia de relações desenvolvida pela fabulosa galeria de personagens que apresenta.

Esta viagem por dentro da dramaturgia vicentina, onde tenho vontade de voltar a mergulhar, tem-se revelado extremamente enriquecedora, não só pelas perspetivas que seguramente acrescentou ao meu labor teatral, mas também pelos resultados obtidos com a apresentação dos espetáculos junto do público que tem acompanhado este percurso. Provavelmente, Gil Vicente poderá designar-se hoje um "clássico popular", já que esta experiência em torno da sua dramaturgia tem revelado que se trata de um teatro capaz de surpreender simultaneamente o público urbano, os jovens estudantes, que desgraçadamente estudam cada vez menos os seus textos, e ainda o público rural, muito embora as motivações de cada um sejam necessariamente diversas.

2 – A criação de públicos

Ainda que, naturalmente, esteja longe de conhecer muitos aspetos da sua vastíssima obra, o trabalho que, entretanto, realizei em torno de alguns dos seus textos já me serviu, pelo menos, para perceber que cada abordagem se transforma facilmente num desafio capaz de levar o processo criativo a soluções estéticas e artísticas só possíveis quando nos confrontamos com grandes dramaturgias. No meio teatral comenta-se frequentemente que um grande texto é meio caminho andado para fazer um bom espectáculo e o teatro de Gil Vicente preenche claramente essa qualidade, donde, seja no mínimo estranho que em Portugal os dois Teatros Nacionais, por maioria de razão, não integrem regularmente peças suas nas respectivas programações (mas disto falarei um pouco mais adiante).

Quando, há uns anos, comecei a tomar consciência da importância do teatro de Gil Vicente já tinha começado em Évora um trabalho de enorme relevância, cujos efeitos se foram produzindo ao longo dos anos, pelo menos nesta cidade e em boa parte da região do Alentejo. Tratou-se simplesmente de integrar na programação regular da companhia a dramaturgia vicentina. Esta opção revelou-se naturalmente determinante, desde logo, porque, como é sabido, a primeira condição necessária para gostar de uma coisa é conhecê-la e só a partir daí é possível começar a pensar em processos de educação que a integrem; e depois porque através dela se foi construindo uma relação do público com as peças do nosso dramaturgo que, ao longo do tempo, foi anulando resistências que decorriam provavelmente da dificuldade de decifrar a sua escrita dramática que, ao ser apresentada em cena, ganhou naturalmente outra dimensão.

Hoje, é francamente reconfortante sentir as expetativas que existem também à volta das estreias de novos espectáculos realizados a partir de textos de Gil Vicente ou ouvir os comentários do público após as suas apresentações. Embora acreditássemos, obviamente, que o resultado só podia ser este, temos clara noção de que as opções que fomos tomando em matéria de repertórios teriam de fazer algum caminho para se poder avaliar o sentido do discurso artístico e a sua contribuição na formação dos públicos. Passados estes anos, não tenho dúvidas de que o Painel Vicente do Centro Dramático de Évora (CENDREV) deu um importante contributo para o crescimento artístico desta estrutura onde desenvolvo a minha atividade.

3 – Gil Vicente e a memória dos portugueses

Como se sabe, as práticas artísticas continuadas e consequentes são absolutamente determinantes para o desenvolvimento cultural dos povos, tanto mais que essas práticas, enquadram também matrizes da nossa própria identidade, os processos de trabalho em que nos envolvemos ganham seguramente sentidos redobrados, uma vez que estamos a ativar a memória coletiva dos portugueses, ou seja, o nosso património cultural. Ainda que, em Portugal, os santos da casa raramente façam milagres, o que naturalmente não abona nada em nosso proveito, sobretudo se tivermos em conta que vivemos numa sociedade cada vez mais globalizada, tenho esperança de que, apesar da nossa reduzida dimensão geográfica e da circunstância de sermos um país europeu à beira mar plantado, portanto periférico, será possível afirmar os nossos próprios valores. Para isso bastará, hoje como ontem, promover e valorizar o que temos de melhor e garanto que isso, no mínimo, faria o povo português mais feliz já que a ignorância é o pior mal da humanidade.

Voltando agora à matéria a que a escrita atrás me impeliu creio que, apesar de tudo, a presença de Gil Vicente nos palcos portugueses já foi menor do que a que temos hoje, o que não significa que, a meu ver, como já deixei transparecer, ela não devesse ser outra. A questão é que a solução deste problema, estou eu convencido, terá que ser equacionada tendo em conta a realidade cultural nacional em que objetivamente nos movimentamos. Mas isso é empreitada para a qual não me sinto sinceramente habilitado. Daí que me limite a deixar algumas preocupações que decorrem da experiência de trabalho que desenvolvemos a partir do Teatro Garcia de Resende e também da atenção que estas questões, naturalmente, me suscitam no sentido de contribuir para a reflexão aprofundada que a matéria obviamente exige.

Em primeiro lugar, seria necessário percebermos todos, ou seja, o país, que importância atribui o estado português a este autor e fundamentalmente à sua obra e de que forma essa importância deverá ser plasmada nas medidas a implementar pelo Ministério da Cultura em convergência com um conjunto de políticas sectoriais que permitam potenciar as sinergias e os seus efeitos reprodutivos, já que não se conhecem quaisquer objectivos estratégicos que apontem para a valorização de uma obra que, sendo património de todos os portugueses, tem reconhecidamente uma dimensão universal. Pelo contrário, o que se constata é que a confrangedora inércia dos nossos governantes se vai tornando regra, só justificável pela profunda ignorância cultural em que infelizmente continuamos mergulhados. Assim sendo, pergunta-se, creio que legitimamente, o que poderemos nós fazer mais? Porque a verdade é que sendo muito o que alguns têm feito, também é verdade, que esse muito nunca será suficiente para preencher este vazio nacional que, ironicamente, ainda acaba por prejudicar o que alguns fazem. Então não foi uma oportunidade perdida a passagem dos 500 anos sobre a primeira representação vicentina, que poderia ter sido um momento mobilizador de todas as energias em torno dessa obra ímpar do nosso teatro? Não se deveria, por exemplo, ter lançado um programa de trabalho que articulasse a atividade das companhias com a das escolas contando também com a colaboração de investigadores e garantir a sua continuidade pelo menos durante meia dúzia de anos para que se pudessem avaliar os respectivos resultados?

Relativamente à responsabilidade dos dois Teatros Nacionais no que toca à dramaturgia portuguesa e, em particular, à obra vicentina não seria razoável esperar uma intervenção sistemática e exemplar em torno desta realidade dramatúrgica com tão forte ligação à nossa própria identidade? Na consulta que fiz ao site do Centro de Estudos de Teatro da Faculdade de Letras de Lisboa verifiquei aquilo que alguns, por certo já sabem há muito tempo, ou seja, que o Teatro Nacional de S. João regista no seu historial a montagem de três peças de Mestre Gil e que o Teatro Nacional D. Maria II se fica exatamente pelo mesmo número. Por outro lado, no que respeita às estruturas independentes, também não se faz uma única referência ao património artístico e cultural português nos desígnios estratégicos que enquadram o novo decreto-lei, de 13 de Novembro de 2006, regulador dos apoios do Estado à atividade cultural, nem tão pouco, no conjunto dos fatores valorativos para os projectos candidatos aos respetivos apoios; como também não existe qualquer indicação relativa à importância da promoção e divulgação de expressões da nossa própria cultura nos programas de difusão do Instituto das Artes nem se anuncia qualquer recomendação nesse sentido nos critérios estabelecidos para os apoios à programação de espaços culturais.

4 – Gil Vicente e a Escola

Enfim, que mais se poderá dizer? Ocorre-me dar conta de que o trabalho que vimos desenvolvendo em Évora a partir da obra dessa «figura maior da cultura teatral europeia», nomeadamente, com os alunos do ensino secundário é inevitavelmente afetado pelo progressivo esvaziamento dos respetivos programas de Português onde Gil Vicente já teve lugar de destaque e agora já quase desapareceu, quando, como refere com toda a propriedade o professor José Augusto Cardoso Bernardes ...«bem mais do que dos palcos, a fortuna de Gil Vicente advém da sua presença nas escolas, enquanto figura literária». Ainda assim, sempre que falamos de teatro no contexto da educação lembramo-nos sempre daquela célebre afirmação: «o teatro é a escola primária dos homens esclarecidos».

Para concluir, diria que seja como for, os pergaminhos de Mestre Gil são de tal forma grandiosos que o seu legado continuará, por certo, a merecer a atenção de uma boa dúzia de investigadores portugueses e estrangeiros e, como até agora aconteceu, haverá sempre alguém disposto a mergulhar no seu profundo universo para trazer à cena mais um exemplar das suas maravilhosas criações. Claro que isso não será suficiente para cumprirmos o desígnio de tornar o seu teatro mais conhecido nos planos nacional e internacional; mas isso é obra que depende, a meu ver, sobretudo da vontade política de uns quantos que, pelos vistos, estão só interessados em promover a inovação artística recusando qualquer importância ao papel da História da nossa Literatura para o desenvolvimento futuro da cultura no país.

Se não valorizamos devidamente aquilo que nos distingue, que caminho faremos neste mundo cada vez mais desumanizado e determinado por regras de consumo e concorrência?

5. MARIA EMA TARRACHA FERREIRA

Mestre em Literatura Portuguesa. Foi Professora e Inspectora/Orientadora do Ensino Secundário, até 1994 (ano da aposentação). É autora de seletas de grande circulação (*Textos literários*, 5 vols) e de numerosos trabalhos na área da Didática da Literatura. Participou na série "Biblioteca Ulisseia de Autores Portuguese", redigindo a "Introdução" de 15 volumes, cinco dos quais incluindo seleção de textos, organização e notas.

"Poderá dar-se a ler o *Auto da Alma*?"

1 – Como classifica, em termos de gratificação pessoal, o seu trabalho pedagógico com os textos de Gil Vicente, ao longo dos anos?

Julgo poder afirmar que o meu trabalho pedagógico com os textos de Gil Vicente foi coerente com o objetivo que me propus ao publicar duas seletas literárias organizadas didaticamente: colocar ao alcance dos alunos textos de vários autos vicentinos indicados no Programa do Ensino Liceal, motivando-os para a leitura pessoal e facilitando o comentário na aula. *Textos literários: século XVI* saiu em Outubro de 1960 (em colaboração com Beatriz Mendes Paula) tendo sido adoptada até à mudança de Programas em 1974. Perante a desistência da minha colega em renovar a seleta (os restantes volumes dos *Textos Literários* já tinham sido publicados em colaboração) renovei-a conforme o Programa de Literatura Portuguesa para o 10º ano do Curso Complementar, alterando a seleção do *corpus* vicentino, acrescentando comentários, citações, notas explicativas e lexicais, no intuito de motivar e facilitar a abordagem literária. Para esclarecer o meu critério, transcrevo o índice da secção relativa a Gil Vicente da já citada *Antologia Literária:*

Gil Vicente
Criação do teatro português – aproveitamento e adatação original de elementos dramáticos tradicionais;
Visão antitética do mnundo – valorização dramática dos elementos sagrados e profanos; da alegoria moral e religiosa à farsa de folgar.
Expressão satírico-dramática da sociedade portuguesa: os tipos sociais. A crítica social aos costumes, às classes, às instituições, através do realismo satírico, da ficção alegórica e do simbolismo religioso.

1. Influência direta da écloga de Juan del Encina: génese do auto pastoril vicentino – *Auto da Visitaçam* ou *Monólogo do Vaqueiro;*

2. Alegoria dramática satírico-moral

A. Alegoria religiosa – Moralidade ou Auto de Moralidade
Auto de Moralidade da Barca do Inferno
Auto da Barca do Purgatório
Auto da Feira

B. Alegoria simbólica
Auto da Alma

C. Alegoria profana ou fantasia alegórica
Tragicomédia/Auto da Exortação da Guerra.

3. Farsa – da farsa de costumes à farsa de intriga
Auto da Índia
Quem tem farelos
Farsa de Inês Pereira.

2 – **Que objetivos lhe parece possível alcançar hoje através do estudo de Gil Vicente, a nível dos Ensinos Básico e Secundário?**

a – Ter a noção de que o aluno estuda uma obra dramática e que o objetivo essencial da orientação didáctica consiste em ensinar a ler uma peça, obra destinada pelo autor a ser posta em cena e representada. Como tal, o estudo de uma peça de teatro requer uma didática específica, sobretudo se se tratar da leitura integral da primeira obra dramática com que os alunos iniciam a abordagem literária de uma obra do género, especialmente destinada a exercícios de leitura expressiva e de recitação, desenvolvendo a memória verbal.

b – Combinar o processo da leitura dirigida com a técnica do comentário ou análise do texto. Pela leitura dirigida pretende-se levar o aluno a compreender globalmente as cenas (deve notar-se que Gil Vicente chama "cena" ao que chamamos "ato", neste caso *auto*), a observar a estrutura do auto, o processo de intriga nas farsas mais elaboradas; o comentário do texto analisa em profundidade um passo limitado da obra para descobrir todas as intenções do autor, apreciando o seu estilo e os diferentes níveis der lingual das personagens.

3 – **Como sugere que se alcancem esses mesmos objetivos?**

Elaborar questionários expressamente destinados a orientar os alunos na leitura dirigida, a realizar em casa; ensinar a planificar a cena ou o auto de modo esquemático, conforme as direcções e os movimentos da acção.

Verificar e esclarecer a leitura dirigida por meio de um interrogatório global realizado de preferência no início da aula, antes da correção do questionário orientador.

Através de um interrogatório bem conduzido, quer de verificação, quer de ensino (e com a ajuda do questionário preparatório) o professor tem oportunidade de ajudar o aluno a descobrir o jogo das situações, a tomar consciência das relações entre as personagens; a atentar nas atitudes e nas palavras que revelam a sua psicologia e denunciam as intenções a que obedecem, assim como a intenção do autor ao criá-las.

Distinguir, sempre por meio de processos ativos e de exemplificações do texto, a diferença entre moralidade e farsa, caraterizando devidamente cada género.

Caraterizar sátira e lirismo; esclarecer que as personagens são caricaturas, deformações com intenção satírica, caraterizando os tipos.

Exemplificar as modalidades de cómico (de situação, de caráter, de linguagem); distinguir devidamente entre "ironia" e "humorismo".

Proporcionar ao aluno o prazer de ir descobrindo a importância de cada cena e o contraste entre as personagens, fonte de cómico e de sátira.

Reservar a parte final das lições para exercícios de leitura expressiva e dramatizada, que pode ser gravada para suscitar o ineteresse da classe.

Aproveitar a síntese final para caraterizar, de modo prático e concreto, a importância da visão satírico-dramática da sociedade da época através da criação de tipos sociais, mas sem esquecer que Gil Vicente foi um homem ao serviço da Corte e que a sua obra revela uma visão transcendente do mundo, pela valorização do sagrado e do profano, abrangendo a alegoria moral e religiosa e a farsa de folgar. Importa salientar na obra as preocupações do autor e a sua repercussão na época em que viveu.

4 – De entre todo o *corpus* vicentino, indique quatro autos que, em sua opinião, se ajustam melhor aos interesses e às necessidades dos alunos de hoje

Interesses e necessidades por vezes não coincidem. Numa época tão materialista como a nossa poderá dar-se a ler o *Auto da Alma*? Parece-me arriscado...mas talvez eu seja pessimista. E o *Auto da Feira*? Com total ausência de preparação histórica, como fazer apreender essa admirável criação alegórica? Restam as farsas e o *Auto de Moralidade da Barca do Inferno* e o *Auto da Barca do Purgatório* (esclarecendo antes a impropriedade do título) porque ambos são estruturalmente uma sucessão de pequenas farsas.

5.

DISCURSO CRÍTICO

1. "Fazer os autos a el-rei e a outros era uma profissão"

A ideia de um Gil Vicente ourives é aliciante sob vários pontos de vista. Em primeiro lugar, identificaria o criador dos *Autos* como «homem do povo», estranho à corte que tão vigorosamente satirizava, porta-voz de uma ideologia desenganada e positiva, em contraste com o idealismo cortesão de Bernardim Ribeiro ou do próprio Camões. Em segundo lugar, o senso plástico revelado pelo artista da custódia de Belém seria uma qualidade preciosa para o autor d'*A Nau de Amores*, d'*A Frágua do Amor* e outras peças de encenação tão rica e fantasista, não falando já na tradição artística medieval comum ao ourives e ao poeta, ambos longe do Renascimento italiano.

E há mais. O meio dos ourives de Lisboa era fortemente cosmopolita, incluindo espanhóis, flamengos, franceses, alemães, além de uma considerável proporção, talvez uma maioria, de cristãos-novos. O suposto poeta-ourives poderia ter respirado, neste meio tão especial, os ventos vindos de muitos lados, portadores de sementes de toda a Europa, e assim ter ganho aquela largueza de horizontes revelada em algumas das suas páginas. Poderia até ter aprendido de outiva curiosidades linguísticas que registou em certos autos (personagens que falam italiano, francês, picardo). E a independência manifestada perante o clero, a nobreza e a administração explicar-se-ia pelo facto de dispor de uma base económica própria, independente do favor régio ou senhorial.

Tudo isto, porém, pode não ser mais do que meras coincidências. O problema não se pode resolver com estas generalidades. Convém examinar mais de perto o que era um ourives nesta época, e em especial o que era este ourives Gil Vicente.

Um ourives era um artífice muito especializado, em certos casos com a categoria de um verdadeiro artista. Antes de obter o título de «mestre», depois dos anos de aprendiz e da prática como «oficial», devia submeter-se a um exame, que consistia na realização de uma obra. Temos de supor longa e absorvente a preparação de qualquer mestre, e muito mais a de um artista qualificado como o da custódia de Belém.

Dentro da classe dos ourives há que distinguir duas categorias: os simples oficiais e aprendizes, trabalhando por conta de outrem, e os mestres, proprietários das oficinas, senhores dos meios de produção e da matéria-prima, com pessoal a trabalhar por sua conta. Estes últimos realizavam grandes acumulações de capital, como é óbvio, a tal ponto que há notícia de ourives nesta época, fora de Portugal, que desempenharam a função de banqueiros e prestamistas de reis. É significativo o facto de Tomás Morus mencionar na *Utopia* (1516), ao lado do nobre e do usurário, o ourives, como membro característico de – passamos-lhe a palavra – «uma ralé que não se ocupa em coisa alguma, ou se ocupa em coisas de proveito nulo para o Estado», e cuja vida esplêndida contrasta com a do escravo, do trabalhador ou do agricultor, sem cujo trabalho, «mais penoso que o de um animal», o Estado não poderia durar «nem sequer um ano».

Ora o ourives Gil Vicente pertencia precisamente a esta segunda categoria, a dos mestres-capitalistas, porque um documento fala dos «oficiais» que trabalhavam sob as suas ordens. E de entre estes não era com certeza dos menos acaudalados: mostra-o não apenas o facto de ter realizado a custódia dos Jerónimos, mas sobretudo o de ter obtido do rei o privilégio de superintender simultaneamente em todos os trabalhos de ouro e prata que se fizessem para a igreja de Belém, o Convento de Tomar e o Hospital de Todos-os-Santos, em Lisboa, com a faculdade de realizar por si ou por seus oficiais as obras que entendesse e de encomendar a outros ourives, sob sua superintendência, as obras que não reservasse para a sua própria casa.

Não se atentou até hoje no significado deste documento, onde se revela a proeminência e o enorme poder económico do estabelecimento que assim tomava conta, em exclusivo, do fornecimento dos ouros e pratas de três dos maiores e mais luxuosos edifícios do País, então em vias de construção ou reconstrução. E é esta importância económica do ourives Gil Vicente que explica a sua eleição como «procurador dos mesteres» de Lisboa, com assento na Câmara da cidade. As corporações dos «mesteres» eram dominadas pelos mestres-proprietários, e, de entre estes, naturalmente, pelos mais poderosos.

O ourives Gil Vicente não era, portanto, um simples artífice, ou mesmo um simples artista. Era o dono de uma importantíssima casa; era um dos mais consideráveis membros, em Portugal, de uma classe acumuladora de capitais. E ao mesmo tempo um artista de renome, capaz de realizar obras como a custódia dos Jerónimos. Pergunta-se agora: aquilo que sabemos do modo de vida do poeta ajusta-se ao que acabamos de conhecer do modo de vida do ourives capitalista?

Através dos factos conhecidos e de alusões feitas nas próprias obras, nós sabemos que o poeta Gil Vicente vivia do seu trabalho de escritor e dos seus serviços na corte. Sabemos que ele imprimiu em vida uma edição avulsa do *Auto da Barca do Inferno* e outra do *Dom Duardos*, esta última destinada não à representação, mas à leitura, segundo o Prof. Révah. É de crer que estas pequenas edições (e outras que provavelmente se perderam) fossem remuneradoras, porque elas entraram na literatura chamada de «cordel», que durante séculos os editores portugueses exploraram com grande êxito; e porque, ainda em vida de Gil Vicente, o cego Baltasar Dias declarava, em documento oficial, ser este género de publicações a sua própria «indústria» e modo de vida.

Sabemos, por outro lado, que Gil Vicente requeria mercês régias *habilitando-se para elas com o seu trabalho de escritor*. Em uma representação em verso dirigida ao vedor da Fazenda, queixando-se de estar muito pobre e pedindo o despacho de uma mercê requerida, promete, como expressão do seu merecimento e do seu trabalho, uma farsa a que chama *A Caça dos Segredos*, «de que ficareis mui ledos». Noutros passos se refere o poeta à sua penúria (*Carta a D. João III, Auto Pastoril Português*). Num deles, falando de si próprio como «... um Gil, que não tem nem ceitil», identifica-o como sendo «o que faz os aitos [autos], a el-rei».

Aliás, a quantidade relativamente considerável de peças, o facto de elas constituírem número quase obrigatório das festas palacianas, o facto também de aceitar encomendas para fora da corte (*Auto da Festa, Auto da Cananeia*), mostram que elas constituíam um modo de vida e uma atividade permanente. «Fazer os autos a el-rei» e a outros era uma profissão.

Ora é de crer que o poderoso ourives-capitalista de Lisboa trocasse a sua atividade comercial e industrial pela de poeta de corte dependente de recompensas aleatórias? Não. É de crer, na hipótese, inverosímil, de acumular as duas actividades, ambas absorventes, que ele invocasse como único merecimento e habilitação ao favor régio a sua atividade subsidiária – a de escritor teatral? Também não.

Finalmente, a invocação de uma penúria desamparada que só o favor do rei podia remediar é compatível, mesmo em tom jocoso, com a situação comercial, bem conhecida, de chefe e proprietário de um dos mais importantes estabelecimentos de Lisboa, representante dos seus colegas na Câmara da cidade? Menos ainda.

O tipo de vida e a posição económica do ourives Gil Vicente são inconciliáveis com os do seu homónimo poeta da corte. O mesmo sucede com o tipo de mentalidade e cultura que encontramos expresso na obra de um e o que temos, inevitavelmente, de presumir no outro.

António José Saraiva, "Quem era Gil Vicente?" in *Para a História da Cultura em Portugal*, Mem Martins, Publicações Europa/América, 1972 (3ª ed.), pp. 295-308.

2. A *Compilação*, livro e cancioneiro...

No texto do privilégio de 3 de Setembro de 1561 encontramos uma classificação, não literária, mas administrativa da *Compilação*: «livro e cancioneiro»; aliás, o termo «cancioneiro» é mesmo a última palavra do alvará. Permito-me destacar esta designação.

Vista na sua materialidade de «livro», a *Compilação* é considerada como um «cancioneiro». Tratava-se da primeira edição de um conjunto grande de obras dramáticas que se fazia entre nós e por isso talvez valha a pena reflectir um pouco nas consequências desta classificação.

Do ponto de vista material, não era de todo descabido designar o livro como «cancioneiro». Exceptuados alguns títulos do Livro V, dito das «obras meudas», com alguns textos em prosa, tudo o mais é em verso da tradição cancioneiril e cortês oriunda de meados do séc. XV. Entre nós havia o precedente do *Cancioneiro Geral* de Resende, saído em 1516, e em Castela havia a extensa série de edições e reedições de colectâneas cancioneiris, largamente conhecidas. Importa olhar mais para este último campo bibliográfico do que para o caso único do cancioneiro resendiano, para percebermos as razões da classificação da *Compilação* como «cancioneiro».

Efectivamente, o *Cancioneiro* de Resende, apesar de o título sugerir inequivocamente o *Cancionero General* de Hermando del Castillo, já sujeito a alterações em 1511, não poderia servir de modelo referencial para a atribuição designativa do privilégio da Rainha. O cancioneiro português, que só voltaria a ser impresso no séc. XIX e fora do país, em Estugarda, embora pelo menos uma cópia manuscrita seiscentista tenha sido feita, não sugeria qualquer modelo organizativo formal, na medida em que não está dividido em secções ou livros, antes construindo-se com agrupamentos sequenciais de poemas enlaçados por epígrafes em que são quase constantes os pronomes «outra» e «sua», o que acaba por instituir um *continuum* macrotextual. Não quer dizer que no seu interior não se possa encontrar algum esboço de arrumação de autores e poemas, mas nada que se pareça com a estrutura orgânica do *Cancionero General* castelhano de 1511. Mesmo tendo em conta que, nas diversas edições que conheceu até ao início da II metade do séc. XVI, este *Cancionero* sofreu remodelações e actualizações, indo ao encontro do gosto do público leitor, a verdade é que o modelo que oferecia, na sua primeira versão, assentava na colocação inicial das poesias de tom e de teor sério, ou seja as de assunto religioso, e na transposição para a última parte das poesias de tipo jocoso. Além disso, pode também enfatizar-se uma «diferença» importante entre o *Cancioneiro* de Resende e o «cancioneiro» vicentino. É que ambos, na sua materialidade de livros impressos, vêm dotados de «tabuadas», Se bem atentarmos, a «Tabuada» de 1516 procura atrair explicitamente o leitor para as composições marcadamente de natureza cortesã, as «cousas de folguar», informando-o de que iam assinaladas de modo especial com uma cruz impressa a vermelho, tendo em conta, certamente, o facto de se encontrarem dispersas pelo volume e não arrumadas numa secção própria; mas a «Tabuada» constante do vol. de 1561-1562, ao apresentar ao utilizador um conjunto organizado de composições, preparava-o para a primazia concedida propositadamente às peças devotas.

Ora é este o tipo de organização oferecido pela *Compilação:* o Livro I é «das obras de devação» e o Livro IV é «das farsas». Poderia argumentar-se com a ordenação classificativa que o próprio Gil Vicente estabelece na carta-prólogo da «tragédia» *Dom Duardos* dirigida a D. João III, publicada na 2ª edição da *Compilação* em 1586, mas ausente da primeira, «Comedias, farças y moralidades», com as «moralidades» referidas em último lugar. Todavia devemos não perder de vista que, nesse momento, com certeza no início do reinado de D. João, importava-lhe valorizar a novidade; e esta era a «comédia». No fundo, o dramaturgo atua aqui como muitos outros poetas do séc. XVI, a começar pelo exemplo de Juan Boscán, procurando enfatizar de forma vincada uma oposição entre um período anterior e uma nova fase, que se pretende uma viragem (é óbvio que nem sempre real...) da criação poética. Mas em 1522, admitindo tal data para o *Dom Duardos,* ainda não se punha ao autor a necessidade de preparar as suas obras para uma edição de conjunto. Já havia, isso sim, uma ou outra edição avulsa, mas os problemas levantados por este tipo de circulação impressa podiam não ser os mesmos dos grandes conjuntos organizados .

A designação de «cancioneiro» está ainda patente na *Compilação* por uma série de marcas «cancioneiris»; para além da disposição do texto impresso na página e até do tipo de letra utilizado pelo impressor, claramente tradicionais no campo bibliográfico dos cancioneiros e das obras dramáticas em verso em língua vulgar, a similitude tornava-se evidente através de fórmulas típicas do macrotexto cancioneiril, particularmente nas didascálias, como por exemplo: «A obra seguinte», «A seguinte representação», «Este auto que adiante», «A tragicomédia seguinte», «Segue-se outra farsa de folgar», «Esta seguinte farsa», etc. Vale mesmo a pena anotar, desde já, que são raras as situações que, no interior do macrotexto da *Compilação,* não inscrevam fórmulas instituidoras da sequencialidade; esta foi mesmo levada a grau de evidência propositada maior em dois momentos do Livro I. Como já foi notado por Stephen Reckert, neste Livro I é habitual a locução «Laus Deo» como separador verba!; entre duas peças sucessivas; em duas situações, porém, tal procedimento desaparece: na parte inicial, quando o compilador, certamente o próprio Gil Vicente, busca criar uma continuidade de tipo narrativo evocadora de uma memória biográfica, enlaçando o *Auto de uma Visitação* e o *Auto em Pastoril Castelhano;* e, mais à frente, na organização constituída pelas moralidades centradas na simbologia das barcas. Esta marca de construção sequencial avivava, de certeza, junto do leitor a similitude que o administrativo do alvará apontava como um «livro» do tipo do «cancioneiro».

Deste modo, provida de prólogo e de tabuada, a *Compilação*, enquanto livro de obras em verso, assemelhava-se sem dúvida a um cancioneiro, no entendimento que tinha no horizonte de expetativas dos leitores.

Jorge Alves Osório, "A compilação de 1562 e a «Fase» manuelina de Gil Vicente", in *Revista da Faculdade de Letras* (Univ. do Porto), II série, vol. XIX, 2002, pp. 211-218.

3. "A impossibilidade de haver clérigos santos"

Num levantamento exaustivo, tornado possível graças à bastante recente edição em CD-ROM da obra completa de Gil Vicente que, apesar dos senões que apresenta, significa um avanço considerável na possibilidade que nos abre para a pesquisa do extenso material posto à disposição do pesquisador, selecionei, basicamente, os vocábulos *clérigo, cônego, frade* e seus sinónimos ou nomes da mesma área semântica e verifiquei numericamente o que intuía desde muito: tais vocábulos ocupam uma área considerável dos textos da *Copilaçam*, apontando para uma quase obsessiva preocupação do autor com essa classe social, ainda tão poderosa àquele tempo, mas em lamentável decadência moral.

Encontrados em cerca de 67% do total, tais membros do clero estão presentes em 17 autos como personagens (num total de 21, pois são dois no *Auto dos físicos* e quatro na *Barca da Glória),* alguns dos quais, de grande importância no desenvolvimento da peça; nos restantes autos são apenas citados, com maior ou menor destaque. Em todos são julgados com severa imparcialidade pela crítica vicentina. Dos 21 personagens, dois não se definem nitidamente como bons ou maus, chamei-lhes, à falta de melhor, *neutros* (c. 10%); 15 são o contrário do que deles se espera, chamei-lhes *negativos* (c. 71%); apenas quatro amam a Deus e aos homens limpamente, chamei-lhes *positivos* (c. 19%). Entre estes últimos, um apenas é Frade (também chamado Padre); três são ermitães (não propriamente membros do clero, mas que incluí neste levantamento por estarem na mesma área semântica). Se os excluísse, a razão seria ainda mais impressionante: num universo de 21 membros do clero, apenas c. 5% de bons clérigos, c. 85% de maus e c. 10% de *neutros*. Dos não personagens, as citações são feitas num plural indefinido, havendo citações cómicas, hipoteticamente exatas, a 27 frades «que vêm de furtar melões» (*Pastoril Português),* e a sete mil (*Frágua de Amor),* o que torna muito mais amplo o campo abrangido pela sátira; são todos, sem exclusão, *negativos.*

Somados os resultados parciais, chega-se a um total mais espantoso do que se esperava: em c. 67% dos autos vicentinos (incluída a Carta a D. João) há presença de membros do clero, personagens ou não. Os personagens são 21; os não personagens, que ocorrem por vezes nos mesmos, mais frequentemente em outros autos, são muito mais numerosos, como há pouco ficou dito. Se fosse possível contá-los, chegar-se-ia a um total que mais vale nem imaginar.

[...]

À maneira de Gil Vicente, fá-los-ei aqui desfilar. Pelos cônegos começarei, citados não muitas vezes, mas com grande malícia, e situados num mesmo espaço: os cônegos da Sé. Brízida Vaz, a alcoviteira da *Barca do Inferno,* tentando valorizar-se aos olhos do Anjo, que a repele, apresenta-se-lhe, com grande cinismo.

> Eu só aquela preciosa,
> que dava as moças a molhos.
> A que criava as meninas
> pera os cônegos da Sé...

Também nas *Cortes de júpiter* há uma saborosa menção a eles, apontando para o mesmo pecado cometido. No auto, escrito para festejar o casamento da infanta D. Beatriz com o duque de Sabóia, Gil Vicente põe em cena Júpiter, reunindo cortes para decidir a melhor maneira de homenagear a princesa que deveria partir por mar ao encontro do noivo. Decide que toda a gente de Lisboa será transformada em peixes, os mais variados, que acompanharão o barco até longe. Os peixes são escolhidos *ad hoc,* a captar, em seus nomes, as qualidades e defeitos de muitos. Vão robalos, tubarões, ruivos e, entre esses, as toninhas, peixes vorazes nos quais a malícia vicentina vai metamorfosear os cônegos da Sé:

> Os conegos da Sé embora
> em figura de toninhas,
> irão com esta senhora
> até bem de foz em fora
> por essas ondas marinhas.

Malícia? Onde? Esperem. Também as regateiras, jovens vendedoras de peixe e verduras, serão metamorfoseadas:

> Sairão as regateiras
> em cardume de sardinhas,
> nadando muito ligeiras,
> desviadas das carreiras,
> por não topar co' as toninhas.

As meninas criadas pela Brízida Vaz ou as regateiras de

Lisboa são o encanto dos senhores cônegos da Sé, marcados assim pela sensualidade e pela licença.

Não há distinção nítida entre cônegos e clérigos, como se pode ver nesta passagem da *Comédia de Rubena:* esta, *preñada* por um clérigo moço, está em trabalho de parto e a parteira, que sabe quem é o pai da criança, estimula o nascituro a vir ao mundo, dizendo-lhe: «Saia cá o cordeirinho, / o coneguinho da Sé.» *Clérigo* é o termo genérico, podendo substituir *cônego;* mas, nos três autos em que é este trazido ao seu texto, Gil Vicente o situa, *cônego* ou *coneguinho,* na Sé.

A forma diminutiva *coneguinho* tem sua equivalente, *clerigozinhos,* na *Comédia sobre a divisa da cidade de Coimbra,* no prólogo feito por um Peregrino. Nessa fala de composição mista, entre elogiosa e satírica, o personagem introdutório, depois de engrandecer a cidade por ter sido o berço de reis e rainhas, diz que o autor ordena que seja representada essa comédia, onde se justificará o nome da cidade e sua divisa, continuando:

> Outrossi as causas por que aqui têm
> os clérigos todos mui largas pousadas,
> e mantêm as regras das vidas casadas.
> Desta antigüidade procedem também,
> sem serem culpados,
> porque são leis dos antigos fados,
> causa na terra já determinada,
> que os sacerdotes que não têm ninhad
> de *clerigozinhos,* são excomungados.

É o único momento, salvo erro, em que o censor do clero abranda ou finge abrandar a sua crítica: os clérigos erram, sim, mas por determinação do fado, ou, por outro lado, a situação é tão normal, tão instituída, que os que seguem as regras são banidos.

Não apenas citado, mas personagem, e personagem-título, o Clérigo da Beira é o exemplar mais completo da sua espécie:

tem mulher e um filho, já adulto, que não lhe obedece às ordens. Irritado, diz-lhe o pai: «Filho de clérigo és, / nunca bô feito farás», ao que o rapaz responde:

> Peores são os de Frei Mendo,
> e os do Beneficiado,
> que vão tomar o bocado
> que seu pae está comendo.

* * *

O Clérigo é caçador e vai à caça com o rapaz, fazendo-o acompanhá-lo na reza das matinas em latim, alternando-as com comentários em português sobre a vida quotidiana dos dois. O Clérigo manda recados à mulher para que prepare tudo para a missa. As referências a ela, as incumbências que lhe dá, tudo revela uma vida familiar organizada e tranquila, sem sombra de pecado na consciência. Assim é porque assim deve ser e assim será: esta a filosofia de vida deste e de muitos outros clérigos àquele tempo. No mesmo auto, há um personagem negro, Furunando, que, em longa enumeração de 23 versos, dos quais só dois não terminam na palavra *canseira*, encaminha-se para a conclusão de que, na vida deste mundo, tudo, tudo é canseira. Também ele entra no coro da crítica ao clérigo:

> Vai missa, canseira;
> pregação longo, canseira;
> crérigo não tem muiere, canseira;
> crérigo tem muiere, canseira,
> grande canseira:
> [...]

Bem menos confortável que a do Clérigo é a situação do personagem central do *Auto dos físicos*, «no qual se tratam uns graciosos amores de um Clérigo». Este está loucamente apaixonado por uma Blanca Denisa que não quer saber dele, muito menos do seu amor e a quem envia recados pelo criado. A resposta não tarda: ela chama-lhe *clérigo excomungado* e rasga-lhe a carta em bocados. Lamenta-se o infeliz:

> Cúbreseme el corazon,
> y la sangre se me yela;
> y pues no hay quien se duela
> de mi triste perdicion,
> moço, venga la candela.

Quer morrer...
Brásia, a governanta da casa, tenta curá-lo com suas mezinhas, depois chama três físicos que, com suas diferentes linhas de diagnosticar e seus tiques de linguagem, exibem um saber duvidoso e prescrevem tratamentos diversos, sem nenhum resultado; o que lhes dificulta o êxito é a falta de informação dada pelo paciente, que se lamenta: «Ay mesquino, que no puedo / decir mi mal de que es!» Talvez um frade possa ajudá-lo, absolvê-lo da culpa, ouvir-lhe o desabafo da mágoa que o punge tão fundo. Trazem-no:

> padre, padre, confesion;
> porque me voy de pasion,
> de aqui á poco moriré
> de dolor del coraçon.

E continua, num curioso jogo verbal:

> Porque el humor radical
> de humor volviose amor,
> de amor grave dolor,
> de dolor, estoy mortal,
> de mortal, vivo amador.

Seria este o momento de se resgatar o clero pelo contraponto deste infrator da norma com um frade que a seguisse, rigoroso; não, nosso autor é impiedoso: o Frade confessa-se vítima do mesmo mal, há muito mais tempo e com maior intensidade. Critica o outro por queixar-se tão cedo: que são dois anos perto dos sete, mais sete, que serviu Jacó, dos 15 em que ele mesmo arde em fogo, sem ser correspondido? Absolve-o («No mereces penitencia / por ser namorado, no»); culpado seria ele se nunca tivesse amado. Põe-lhe as mãos sobre a cabeça, a simular uma cura: «como dice el evangelio / y haced cuenta que sois sano.» E vai fechando o auto com o anúncio de uma *ensalada* que trará da horta de amores e foi feita por Gil Vicente. A ensalada, de texto compósito, feito de bocados de outros, não tem um nexo perfeito, mas fala de amor e nesse espaço textual há um frade a quem se dirige uma Teresica del Robledo:

> Frei João, Frei João,
> estai quedo co'a mão.
> [...]
>
> Frei João,
> estareis vós quedo, mas estai vós quedo,
> mas estai vós quedo co'a mão.

Com este fecho, o auto englobou em sua crítica dois de seus personagens e mais um não personagem – um clérigo e dois frades, todos infratores de uma regra fundamental da Igreja: a castidade.

Cleonice Berardinelli, "De clérigos, cónegos e frades", in *Semear*, 8 (2003/2004), pp. 36-47.

4. "Uma mulher engana o marido com o abade"

Gil Vicente inspirou-se também na tradição popular portuguesa transmitida através do folclore e da literatura oral. O estudo deste vasto domínio é difícil, dado que, por definição, os documentos que lhe dizem respeito são raros. Parte considerável da lírica vicentina pertence a essa categoria. Certas lendas, certos ritos muito antigos que assinalavam as principais datas do ano, sugeriram a Gil Vicente cenas inteiras. Assim, a aparição da moura Tais nas *Cortes de Júpiter* provém das lendas sobre as «mouras encantadas». Numa canção do *Triunfo do Inverno* que é retomada no *Auto da Festa* vê-se surgir a personagem de «João o Verde». Ora, como lembra Stephen Reckert, este «João o Verde» é o primo do «green man» da tradição inglesa e um e outro são avatares da personagem do «selvagem» [como defende Reckert] Trata-se duma representação mítica do Inverno, imolado em cada Primavera num combate ritual.

A tradição popular é veículo, como se sabe, de um sem-número de contos e narrativas orais que mantêm durante séculos uma vida recôndita, passando de boca em boca na sequência de um caminho que se conserva geralmente subterrâneo, só raramente aflorando à superfície da História. O estudo científico desta literatura oral desvenda muitas surpresas. Gil Vicente encontrou nela várias vezes a sua inspiração. Daremos apenas um exemplo, que tem a vantagem de ter sido perfeitamente elucidado num artigo recente de Manuel Viegas Guerreiro.

No final da *Farsa de Inês Pereira* a heroína, que enviuvou depois duma experiência matrimonial infeliz, casa-se com o néscio Pero Marques, decidida a enganá-lo. Na última cena da farsa vai procurar, às costas do lamentável e complacente marido, um eremita mariola em quem reconheceu um antigo apaixonado. Canta então uma canção cujo refrão é o seguinte:

> Marido cuco me levades
> e mais duas lousas.

Ao que o marido responde:

Pois assim se fazem as cousas.

É assim posta, com toda a evidência, a encenação de um provérbio que, segundo a rubrica do auto, havia sido proposto a Gil Vicente como tema da farsa: «Mais quero asno que me leve que cavalo que me derrube.» Pero Marques é o asno que leva Inês. Ora Manuel Viegas Guerreiro demonstrou que Gil Vicente se inspirou numa narrativa popular – o «conto de Domingos Ovelha» – do qual cita onze versões recolhidas nas regiões mais diversas da área cultural galego-portuguesa: na Galiza, em Trás-os-Montes, no Minho, na Estremadura, no Algarve e até nos Açores. Numa das versões mais caraterísticas, proveniente de Pitões das Júnias, no concelho de Montalegre, em Trás-os-Montes, a história passa-se na Galiza. Uma mulher engana o marido com um «abade». O marido desconfia de alguma coisa mas é tão estúpido que a mulher consegue tranquilizá-lo sem dificuldade. Leva-o ao abade que, naturalmente, nega tudo e ela diz-lhe: «Agora, tu és Domingos Ovelha, com o corno retorcido por trás da orelha.» Regressam a casa e a mulher repara que pelo caminho há lousas, pedras achatadas que eram aquecidas no forno para cozer sobre elas as «bôlas» de cereais. Ela pega em duas lousas e o marido instala-a sobre as suas costas. Mas o homem espanta-se de que ela pese tanto. E ela responde-lhe em dialeto a imitar o galego popular: «Ai, Domingos, isto são tchi coussas. Tu levas-me a mim e eu levo as loussas.» Toda esta história é traçada para pôr em relevo a estupidez do marido, que não vê nada nem compreende nada, e não percebe que, carregando às costas a mulher que leva as pedras, acrescenta o peso das pedras ao peso da mulher. Mas o que é interessante, para nós é, evidentemente, que este conto – ou antes: uma variante antiga do conto – inspirou a Gil Vicente a cena final da *Farsa de Inês Pereira*. A referência final das duas lousas ficava inteiramente ininteligível quando se ignorava a história de Domingos Ovelha.

Paul Teyssier, *Gil Vicente – o autor e a obra*, Lisboa, Instituto de Cultura e Língua Portuguesa, 1982, pp. 39-42.

5. "Lope lembra-se de Gil Vicente"

Ao [...] mundo de imemoriais e misteriosas tradições populares pertence o perturbador episódio do «cavalheiro selvagem» Camilote, cuja morte às mãos de D. Duardos (seguida imediatamente do abandono por este do seu disfarce plebeu) representa o exorcismo – imprescindível para a realização do Projeto da peça – de um «arquétipo de corrupção» (acerca deste conceito, que se prende com as origens rituais do teatro, remeto para o meu livro *Espírito e Letra de Gil Vicente*, 86-87).

Por outro lado, não se pode negar que, feio e estrambótico como é, Camilote seja, no entanto, lá à sua maneira, um impecável cumpridor das regras da Cavalaria e até do amor cortês: isto é, do mesmo código de convenções sociais e eróticas – da mesma *Via* – pela qual se orienta a subcultura a que pertence também o próprio D. Duardos. E este, ao contemplar-se no espelho deformador que é Camilote, teria muito bem podido reconhecer naquelas convenções, a não ser obcecado por elas, uma via errada que levava fatalmente ao malogro do seu projeto não menos errado. Mas esta perceção – que há-de ser para ele a definitiva – só virá como corolário de outra, deveras deslumbrante: a de que uma mulher – neste caso, Flérida – não é um objeto a conquistar mas outro ser humano com a sua própria autonomia e o seu próprio projeto.

Aliás, projetos. Porque também Flérida terá de mudar o projeto e abandonar, como já fizera D. Duardos, a via que antes seguia. Adormecida nos braços dele na galera que a leva «a tierras estrañas» (por acaso «embarcar» é exatamente o Projeto global das *Barcas* do Inferno e da Glória), e tendo já confiado a um desconhecido, junto com a sua pessoa, também o seu «imperio y merecer», ou seja, a dignidade de princesa e a fama de honrada que são para ela (como a Cavalaria para ele) a Via – o fundo de valores indiscutíveis em que se estribavam até aí tanto o seu comportamento individual como a sua identidade social –, Flérida só emerge mais enobrecida da sua aparente capitulação, que na realidade é apenas o reconhecimento de que «outro valor mais alto se alevanta». Momentos antes ainda perguntava, entre indignada e suplicante:

> ¿Queréis vencer mi pelea
> y no queréis que me tema
> de mi daño?
>
> ¿Queréis que pierda ell amor
> a mi padre y a mi señora
> y al sossiego?
>
> y a mi fama y a mi loor,
> y a mi bondad que se desdora
> en este fuego?

Mas é sem desdouro que a sua peleja com D. Duardos vai terminar. Tal como antes acontecera com ele, ela acaba de mergulhar no fogo purificador de uma paixão que, por ser mesmo irresistível, a obriga a repensar o seu próprio projeto. «¿Qué será de mí», pergunta agora, «pues que amar y resistir / es mi passión?».

Tal como acontecera com ele também, a renúncia a um projeto errado levará à realização desse mesmo projeto, mas agora reformulado de maneira correta. D. Duardos propõe-se a conquista de Flérida entendida como objeto, e acabará por conquistá-la; mas só depois de chegar à perceção dela como sujeito. Ela, entretanto, esforça-se por descobrir a «identidade» dele, entendendo por isso a sua hierarquia social; e descobri-la-á, mas só quando já não lhe interessa, pois terá chegado à perceção de que «Al Amor y a la Fortuna / no ay defensión ninguna», e que portanto

> ... el estado
> no es bienaventurado:
> que el precio está en la persona.

Esta nova perceção não é privativa de Flérida. Coincide com a Perceção, com maiúscula, da comédia inteira, cujo Projeto global poderíamos resumir, à maneira de Stanislavskij, na frase infinitiva «cumprir a Lei do Amor», e cuja Via é precisamente essa Lei definitiva, assim como as vias individuais de D. Duardos e Flérida tinham sido até aí os códigos provisórios, doravante revogados, da Cavalaria e do Decoro.

A configuração da comédia vicentina não se limita, é claro, ao seu ritmo constitutivo particular. Este, como a estrutura de qualquer obra, reflete por força a circunstância e as preocupações vitais de uma mentalidade estruturante: a do autor. A circunstância vital de Gil Vicente (que às vezes devia parecer-lhe verdadeiramente «inexorable») era a Corte, cujas preferências literárias se dividiam entre os romances de cavalaria e a poesia cancioneiril do amor cortês, deixando pouco espaço de manobra disponível para um género tão inovador como a comédia. Sobretudo, sem dúvida, a vicentina: experiência artística e aventura intelectual avançadas demais para o seu momento histórico.

Nem aquele espaço nem aquele momento, aliás, haviam de durar muito mais tempo. Quem realmente morreu com a Pátria não foi Camões, que sobreviveu o suficiente para a ver sumida «numa austera, apagada e vil tristeza», mas mestre Gil, que entretanto – ou seja, entre 1536, ano do estabelecimento da Inquisição, e 1540, ano do primeiro auto-de-fé – já desaparecera da cena.

Se a comédia vicentina em si, tanto pela sua estrutura dramática precursora do teatro espanhol do *Siglo de Oro* como pelo seu substrato de ironia e a sua subtileza psicológica e simbólica, era inovadora demais para o seu tempo, por outro lado o espírito de abertura que respirava ia já ficando obsoleto em face dos novos tempos sombrios que se aproximavam a passos gigantes. Mais alguns anos, e desapareceria também a faustosa Corte: único espaço físico possível, por exíguo que fosse, para uma comédia «portuguesa». Mais alguns ainda, e a comédia, «por la sabia mano gobernada» de Lope de Vega (e agora sim, espanhola deveras – mesmo se a primeira coletânea dedicada a ela é de Lisboa, 1603), iria enveredar por outros caminhos – democratizando-se nos *corrales*, aperfeiçoando-se tecnicamente, multiplicando-se portentosamente em autores, textos, representações e subgéneros – e do efémero momento vicentino ficaria apenas a memória.

Mais ainda: até essa memória ficaria apenas em forma amputada. Lope, é certo, não deixaria de se lembrar de Gil Vicente (e até chegaria a escrever um auto sacramental, *El viaje del Alma*, baseado numa mistura de elementos do *Auto da Alma* e da *Barca da Glória*: significantes vicentinos, afinal, dotados de um novo significado inalienavelmente lopesco). Mas só se lembra dele como autor de *autos*. Jamais de *comédias*.

<small>Stephen Reckert, "Gil Vicente e a génese da comédia espanhola", in *Temas Vicentinos*. Actas do Colóquio em torno da obra de Gil Vicente, Lisboa, Instituto de Cultura e Língua Portuguesa, 1992, pp. 139-150.</small>

6. "Amores sérios e menos sérios"

Na *Serra da Estrela,* o já conhecido esquema do amor louco *(eu por ti* e *tu por outro)* apenas a um dos cortejadores acaba por favorecer. Rodrigo casará com Felipa, como sempre desejara. Todos os outros pares, depois de forçados e vãos corropios, se rendem à decisão de umas sortes lançadas a eito por um Ermitão de bem discutíveis ambições. E, vamos lá, que tudo poderia ser pior: eles e elas, bem olhada a imposição dos papelinhos, até se conformam com o emparelhamento, descobrindo nos novos futuros esposos muitas prendas que até então lhes tinham passado despercebidas.

E, no entanto, a solução chegou assim:

> ERMITÃO o casar Deos o provê
> e de Deos vem a ventura
> da ventura à criatura
> mas com dita é per mercê
> e também serve a cordura.
>
> Ponde-vos nas suas mãos
> e nam cureis d'escolher
> tomai o que vos vier
> porque estes amores vãos
> terão certo arrepender.

Apetece parar e interrogar: o dever de Estado substituído
por uma sina traçada não se sabe onde nem porquê?

Tem Deus alguma coisa a ver com tudo isto? Talvez mais no primeiro caso. Realeza é realeza e os acertos do alto encaminham a obediência e revolvem os corações.

Não fica, no entanto, mal insistir: com um rol de peripécias bem diferenciadas pelo meio, a verdade, verdade, é que, nos quatro autos, com comprazimento se aceitam ditames que não brotam exatamente do foro íntimo.

Fiquemos, porém, tranquilos, porque tudo acabará sempre por bater certo: princesas e pastoras serão esposas felizes, carinho nunca lhes faltará.

Diferentes são as situações pontuais do Pastor Juan e da Velha do *Inverno* e *Verão;* como a cigarra da popular fábula, ele perdeu tudo em gastos com a amada durante o tempo quente e só lhe resta a resignação perante a crueldade do frio e da chuva; quanto à pobre Velha, apaixonada por um jovem sapateiro, está obrigada a atravessar descalça a serra nevada, empenhada em fazer das fraquezas forças, alvo das inocentes troças de quem a vê e sensatamente desconfia da inglória de tais esforços quase desumanos. Bem adivinhamos que a ambos aguarda o desconforto de um futuro... de boas recordações, se é que as houve.

Ela, porém, não é criatura para desistências:

> VELHA Nam há i tal obra pia
> como a que eu pera mi faço
>
> [...]
> Ui amara eu estou brincando
> quero-me ir que perco tempo
> Jesu que neve e que vento
> j'eu vou tarameleando.

Nem sempre amor com amor se paga; amargo poderá ser o travo da derrota, mas dele não cura o texto.

Nunca leremos tal Velha como uma figura ridícula, por muito que nos faça sorrir, assim como de ridículo se não cobre o Velho da *Nau d'Amores,* o que já pode discutir-se a propósito do *Velho da Horta* ou de Castro Liberal, da *Rubena*.

Corporiza, aliás, o primeiro uma outra modalidade de amor, a de um amor credível, tudo indica que mais sonhado do que vivido, para que ainda se corre, porque há companheiros de corrida, mesmo que desilusões já tenha havido, uma espécie de recompensa por perigos secundarizados e fadigas que com alegria se vencem.

Amor do Velho, amor do Frade, amor do Pastor, amor dos Fidalgos e do próprio Príncipe, que ao mar se fazem, como caminhantes para uma ilha venturosa, a cantar, cada qual à sua maneira, sem disfarces igualadores, guiados por excelente condutor, o deus Cupido, que levam ao leme da sua acarinhada nau:

Começaram a cantar a prosa que comummente cantam nas naus à salve, que diz: Bom Jesu nosso senhor, tem por bem de nos salvar etc. O Velho cantava coma velho, o Negro após ele coma negro, e respondiam-lhe os passageiros a quatro vozes de canto d'órgão. E com isto se vão com a Nau e fenece esta tragicomédia.

Com aguerrido ânimo, que a esperança é a última a morrer. Boa viagem, amadores, desejarão os aristocratas espetadores...
Partem estes, crentes numa felicidade que virá para ficar, sem negaças de ida e volta, sem a prévia inquietação da Serra de Sintra *(Inverno)*, que, entre gozos e mágoas, magoadamente aceita o carinho daquele Verão que, de quando em quando, cavalheirescamente a corteja, mas logo a troca por outras, quando se ausenta, tristemente a deixando presa da sua saudade de mulher sentimental, à maneira das tradicionais *amigas* dos cancioneiros:

> SERRA Meu senhor tu saberás
> que c'o poder que em mi tens
> se me alegras quando vens
> matas-me quando te vás
> e em suidades me manténs.

Esperará, então, a Serra o eterno retorno do seu amado, sem ilusões nem recriminações, mas, acreditamos, com uma feminina fidelidade que nenhum parentesco tem com a ostentação dos quase farsescos fidalgos do *cuidar e suspirar,* os das histriónicas lamúrias em desgarrada na *Nau,* sorrateiramente identificados nas *Cortes,* com inventiva graça premiados nas *Fadas* e, pela intempestiva procura de rejuvenescimento, adivinhados na *Frágua,* talvez como candidatos serôdios a devaneios de juventude.

Dos amores sérios ou mais ou menos sérios passemos aos destemperos e às desavenças, destas nos limitando a apontar a do casal do Ferreiro e da Forneira, abafados e recalcitrantes com o calor do Verão e possivelmente entediados pelo desacerto sexual *(Inverno)* e, quanto a outras tolices, remetendo para as hilariantes frases sem nexo do Frade da *Nau d'Amores* aquele que, vindo «d'Aveiro/ que casou cá no Cartaxo/ co a molher do moleiro», para o clerical desarrazoado das *Fadas* e, para não subvalorizar a responsabilidade que assiste a um deus, já que o mau exemplo dos frades fica à consideração, meditando nos mandamentos de Apolo, aquele mesmo que se permitia apostar numa pirueta da criação, para nós combinando as salpicadelas de sátira com as delícias do inesperado:

> Estos son mis mandamientos:
> amarás a las mujeres
> lo más recio que pudieres
> con todos tus pensamientos
> y dales cuanto tuvieres.
> Y ansí mismo digo a ellas
> sus fieles enamorados
> so pena de mil pecados
> y fiebre vengan sobre ellas
> si no fueren mucho amados.

Vence o Amor? Umas vezes sim, outras não, outras assim assim. Que, porém, se não negue ser ele realmente um dos motores destas dramatizações talvez que, sem Amor, não haja festa, talvez que ele se intrometa onde não foi escolhido, talvez que nem sempre precise de ser interiorizado para dominar e convidar aos folguedos.

Ficar-nos-á mal dizer que vence mas não convence? Ou ficar-nos-á melhor reconhecer que ele triunfa sem humanos triunfadores?

Maria Idalina Resina Rodrigues, "Gil Vicente. A festa ibérica", in *De Gil Vicente a um Auto de Gil Vicente*, Lx, INCM, 2006, pp. 196-201.

7. "A cauda do diabo"

A Igreja dos primeiros séculos, e portanto a arte cristã primitiva, ignorou o Demónio enquanto monstro das Trevas. Lúcifer, muito embora fosse já um Anjo derrotado, parecia ainda gozar do antigo privilégio de Anjo preferido por Deus e, devido a este facto, era representado como figura» abstracta e teológica,» para empregarmos as palavras de Jean Dulemeau.

Nos inícios do séc. XII, quando Honorius d'Autun, no seu *Elucidarium,* sistematiza os vários elementos dispersos nos primeiros textos cristãos sobre a Demonologia e coerentemente reagrupa os possíveis castigos do Inferno, assistia-se já a uma presença constante do Diabo como sedutor e torturador das almas sob diversas formas humanas e animais.

A arte da Idade Média fá-lo um dos seus temas iconográficos preferidos, não raro sob a forma de dragões e demónios alados, inspirando-se em modelos vindos do Oriente, ou com corpos híbridos de elementos humanos, animais e vegetais, semelhantes aos que surgiam nos bestiários fabulosos esculpidos e pintados.

Estranhas criaturas enquanto monstros, elas vinham renovar as visões dos Infernos e as suas formas artísticas, chegadas até nós, documentam uma riqueza iconográfica muito elaborada de figuras simbólicas que ilustram o poder da visão e existência dos Infernos, a luta entre a Luz e as Trevas. Os programas iconográficos de inspiração teológica que opunham as forças de Deus e do Demónio invadiam os pórticos das igrejas, as rosáceas das catedrais, as ilustrações de textos sacros – *Psaltérios, Livros de Horas,* etc. – onde diabos 'falavam' com Anjos e Santos reforçando a ideia da Morte, da ameaça do fim do Mundo, da expiação dos pecados no Inferno, do gozo dos Bem-aventurados junto de Deus.

Contudo, os grandes Juízos Finais das construções góticas privilegiavam mais a figuração de Cristo na sua Corte do Paraíso do que o Inferno e o terror das tentaçõs quotidianas, que lhes será apanágio a partir do séc. XIV. Para isso muito devem ter contribuído as descrições fantásticas das viagens aos Infernos que, mesmo antes da *Divina Comedia,* circulavam na Europa e das quais devemos sublinhar agora a *Visão de Túndalo* por ter havido uma tradução medieval portuguesa. A experiência vivida pela alma deste guerreiro irlandês, raptado para efectuar uma viagem explorativa às penas do Inferno e à glória do Paraíso, circulará transformada em experiência mística e, devidamente ilustrada, imprime-se pela primeira vez em 1475, com o título de *Libellus de raptu animae Tundali et eius visione.*

É a partir do momento em que se torna possível imprimir um texto ilustrado com imagens xilográficas que a mentalidade colectiva deixa avançar a sua imaginação até aos domínios do que não via, entrando num mundo de mitos e superstições onde a Morte se associava frequentemente ao Demónio. Entre a certeza da passagem para um Além e a incerteza de como esse mundo subterrâneo se revelaria, as ações mágicas ou demoníacas começavam a ocupar cada vez mais espaço.

É assim que na *Ars Moriendi* (1455) vários diabos se agitam à volta do leito do moribundo para disputarem a sua alma aos Anjos e ainda como incentivo à reflexão sobre a fugacidade das coisas terrenas avultam as várias *Danças da Morte* em que os esqueletos faziam dançar o Mundo. Mas os seus elementos iconográficos, além de representarem as várias personagens dançando com os Mortos, serviam para introduzir um clima fantástico e supersticioso, simultaneamente terrível e divino, diabólico e ingénuo. É este o clima presente na *Lenda dos três Mortos e dos três Vivos* cujo *momento mori* aparecerá incorporado no *Epitáfio* de Gil Vicente: «Perguntame quem fui eu,/Attenta bem pera mim'/Porque tal fuy coma ti,/e tal hasde ser comeu.»

[...]

Quando nos finais do séc. XV e inícios do séc. XVI se verifica uma profunda modificação social por toda a Europa, a bruxa empírica permanece nas aldeias e um seu 'duplo' de Alcoviteira – ou *Beata* como na *Comedia da Rubena* –

transfere-se para os centros urbanos onde convive com ladrões, malfeitores, falsários, inserindo-se na estrutura social parasitária e marginal que rodeia as cidades. Por seu lado, estes aglomerados citadinos ajudarão a desenvolver outros 'comércios' e a velha megera é agora a ex-prostituta que, na impossibilidade de continuar a fazer uso do seu corpo, vende conselhos e filtros amorosos para amores mais ou menos proibidos e impossíveis; mistura ervas, inventa poções e fórmulas abortivas; vive marginalmente, mas os seus clientes vêm de todas as classe sociais e recorrem aos seus serviços pelo desejo repetido, mais ou menos, do mesmo Vício.

São tipos bem caraterísticos que abundam em toda a obra vicentina, do *Juiz da Beira* ao *Velho da Orta*. E a *Beata* da *Comédia da Rubena* que «vende mesturadas» e faz «Infindas calabreadas» é também um bom exemplo desta atividade intermediária no amor, quando aconselha hipocrisia na virtude («podeis-vos aproveitar/ e a fama estar inteira/com gentil dissimular», p. 399), justificando com estas palavras a sua presença junto de *Cismena:*

> Eu minha alma venho cá
> consolar vossa paixão
> com dor no meu coração
> porque o hábito mo dá
> e também a condição. (I, p. 395)

[...]

Entre as superstições populares e a literatura culta que as soube edificar, como já se disse, entre os artistas do seu tempo pertence a Bosh a maior responsabilidade na fixação e divulgação iconográfica do tipo de feiticeiro/feiticeira, bem como do medo que eles inspiravam. Não através dos apontamentos de desenhos mas sim com o mundo esotérico de toda a sua obra invadida por aparições mais ou menos ligadas aos efeitos de feitiçaria, tal como no-lo testemunham *As Tentações de Santo Antão* (Museu Nacional de Arte Antiga): uma paródia de *sabbat* suscitado por um mago meio escondido por um muro diante do santo; uma cavalgada aérea sobre um peixe com um caldeirão de líquido a ferver; homens com cabeça de porco lendo textos sagrados e levando um mocho consigo. Um mundo de pecados e exorcismo de muitos fantasmas, no qual as criaturas humanas se deixam tentar pelo demónio, parecendo pouco dispostas a ouvir a palavra de Deus e a receber o Seu perdão.

Alguns desses mesmos fantasmas vamo-los encontrar meio século mais tarde na obra de P. Brüegel. É disso exemplo *A Visita de S. Tiago ao mágico Hermógenes* com as suas várias e grotescas incarnações diabólicas invadindo a cena. Nesta, as feiticeiras giram à volta de uma chaminé e o fumo, saindo de um caldeirão, transporta duas bruxas para o exterior onde encontram outras companheiras sentadas num porco e num dragão alado. Um contexto diferente rodeia *A Feiticeira de Malleghem* em que esta tenta curar os pacientes que a procuram, retirando-lhes da cabeça o que os atormenta: a «pedra da loucura».

Os ilustradores dos vários tratados de feitiçaria insistirão, sobretudo, em cenas associadas ao *sabbat,* assembleias sacrílegas e orgíacas para as quais convergiam todos os que haviam feito um pacto com o Diabo. A ele, geralmente, as feiticeiras chegavam pelos ares montadas numa vassoura ou num pau, outras vezes no próprio Diabo transformado em animal: estas são as imagens que vamos encontrar ainda nas ilustrações do já referido tratado de Ulrich Molitoris *De Laniis et phitonicis mulieribus.*

É possível que, em termos comparativos, se possa ainda estabelecer a iconografia aproximada de *Diabos, Feiticeiras, Fadas, Alcoviteiras, Beatas,* etc. que nos surgem em diferentes *Autos* de Gil Vicente.

Na ilustração de algumas 'folhas soltas' e da *Copilação* de 1586 repetem-se figuras cujas matrizes estavam à disposição dos editores dos autos vicentinos sem que pertencessem, necessariamente, a este ou aquele texto específico. Inúmeras vezes, todavia, os textos contêm alusões a pormenores que nos podem ajudar na reconstituição da sua imagem em cena.

Assim, segundo as palavras do *Parvo,* no *Auto da Barca do Inferno,* o *Diabo* é «cornudo» portanto tem uma máscara com chifres; *Legião,* o primeiro dos Demónios a ser convocado pela *Feiticeira* na *Comédia da Rubena* dirá que» Plutão faz rasto de cão/com as unhas ao través.! Caroto tem pés de grou [...] Draguino rasto de burra» aludindo, deste modo, a caudas de animais e patas com garras de ave.

No *Auto das Fadas,* por sua vez, o *Diabo* «vem/com as bragas dependuradas» talvez indício da sua participação num *sabbat* onde os fiéis lhe prestavam homenagem beijando-lhe o ânus e os orgãos genitais. A bruxa *Genebra Pereira* que no mesmo *Auto* anuncia a chegada deste Demo, dirá que «é solteira, já velha amara» e a velhice, a nudez de um corpo degradado pela idade, era uma das componentes utilizadas por certos artistas (Dürer, Nicolas Deutch, Baldum Grien, etc.) para numa mistura de perversidade estética e curiosidade erótica acentuarem o horror suscitado pelas figuras das feiticeiras.

Por sua vez *Genebra Pereira* manda o diabo picardo chamar as *Fadas* dizendo serem elas «marinhas», sereias, portanto, como o havia sido Circe transformadora dos companheiros de Ulisses em animais (as *Fadas* do *Auto* com este nome farão o mesmo com as 'sortes ventureiras') e às suas caudas de peixe deve ela referir-se quando diz: «Bem venhais minhas donzelas/linguadas frescas fritas». Contudo chama-as para junto de si como se fossem aves de capoeira; «Pitas, pitas, pitas, pitas/ patelas, patelas, patelas» e este elemento autoriza-nos a pensar que as *Fadas,* além da cauda de peixe tivessem ainda patas com garras de aves. E na verdade esta fora a primeira forma iconográfica medieval para representar as sereias tendo vindo a concidir, mais tarde, as duas formas.

Poderíamos fornecer maior número de exemplos que ultrapassariam o nosso propósito inicial de chamar apenas a atenção do leitor/espetador para o modo como elementos vindos de várias áreas da investigação (história das religiões, ideias, arte, etc.) se entrecruzam também nos bastidores preparativos de um espetáculo vicentino, afim de iluminarem não só certos fenómenos históricos mas também a problemática das relações sempre existentes entre o artista – o escritor – e a sociedade em que viveu: é o caso de Gil Vicente.

Reler a sua obra, ou melhor ainda, revê-la sobre os palcos com olhos atentos e informados, capazes de despertarem a memória para mitos antigos que através dos séculos nunca deixaram de existir entre nós, é também conduzir a virtude de uma outra aprendizagem face à estranheza da nossa própria cultura.

João Nuno Alçada, " Imagens de Diabos, Bruxas, Vida, Morte e Destino na Europa de Gil Vicente", in *Por ser cousa nova em Portugal: oito ensaios vicentinos*, Coimbra, Angelus Novus, 2002, pp. 393-40.

8. "Que tem Shakespeare que falta a Gil Vicente?"

A verdadeira pergunta que uma crítica literária comparativa que se preze deve fazer é a seguinte. Que tem Shakespeare que falta a Vicente?

Quantidade de peças teatrais e de obras-primas? O poeta inglês oferece 38 em géneros vários do teatro pós-renascentista, das quais 25 (segundo o seu fã Harold Bloom) serão obras-primas; o poeta português escreveu pelo menos 44 peças em toda a gama do teatro pré-renascentista, das quais 21 (segundo Stephen Reckert) serão obras-primas.

Qualidade lírica? Os 154 sonetos e uma elegia, os 2485 versos líricos de Shakespeare que não se incluem no seu teatro, não poderão contrapôr-se às 164 composições líricas de Vicente, em cerca de 4400 versos (embora tenhamos de ter em conta que só uma pequena parte da lírica vicentina se encontra fora do seu teatro)? Se Shakespeare poderá ser o melhor poeta lírico de sempre na sua língua materna, não será Vicente um dos maiores líricos de todos os tempos da Península Ibérica, rival de Camões em português, superior (segundo Dámaso Alonso) a Garcilaso de la Vega e San Juan de la Cruz em castelhano?

Poder de caraterização? Beleza da linguagem? O teatro de Shakespeare tem sido valorizado especialmente por dois aspetos: a força individual das personagens e o conhecimento manifestado da mente humana, por um lado, e a riqueza material, rítmica e significante, da linguagem com que essas personagens são ilustradas, por outro. Em ambos os aspetos, a crítica tem sido responsável, e bem, pela apreciação da qualidade magnífica a que pode chegar a obra shakespeareana.

O mesmo não se pode dizer, apesar das pouco ouvidas exceções, da obra de Vicente. As personagens do teatro vicentino são, as mais das vezes, entendidas redutoramente como «tipos», o que faz com que se torne muito difícil um trabalho de caraterização dramática que se desprenda da mera mimagem do referente que se pretende fidelizar. Eis um dos aspectos em que a crítica, bem entendido na acepção mais pobre e infelizmente didatista do termo, tem prejudicado o interesse pela encenação do teatro de Vicente. No entanto, Inês Pereira é uma criação tão memorável como quase todas as maiores mulheres do repertório cómico mundial (Laurence Keates). Inesquecíveis são também as personagens de Frei Paço, Frei Narciso, Branca Gil, Brízida Vaz, os judeus como alcoviteiros *(Inês Pereira)* ou gozando uma feliz vida familiar *(Lusitânia);* as jovens Cassandra do auto que leva o seu nome e Isabel de *Quem tem farelos?*, as crianças de *Rubena,* os negros, as ciganas, as deusas disfarçadas (A. R. Milburn)... E que força caraterológica possui João Murt(inh)eira, cuja redução a personagem de farsa tem prejudicado? Ou o Lavrador da *Barca do Purgatório*, padecendo da inserção no grupo dos «tipos»? E Dom Duardos, com os seus belíssimos solilóquios? E Flérida, «a mais nobre personagem feminina» do teatro anterior a Lope de Vega (ainda Keates)? E a Alma humana, nos seus traços mais abarcantes e profundos, onde produziu ela poesia igual à do auto que leva o seu (nosso) nome? Quando a crítica decidir pesquisar a força poética indiscutível de personagens como estas, talvez mude a perceção geral do que seja o teatro de Gil Vicente e talvez, por isso, as companhias teatrais redefinam, para o novo século, os modos de encenação e representação da obra vicentina.

Tomemos exemplo duma das tais vinte-e-uma obras-primas que auguram um estupendo futuro no plano do conhecimento artístico e da prática teatral do *Auto da Índia*, peça com muita probabilidade representada pela primeira vez no recuado ano de 1509.

Colocar em palco o *Auto da Índia* como predecessor tosco da comédia neoclássica constitui, assim, um procedimento desfocado que, além de errar historicamente, desvirtua ou mesmo anula parte substancial dos elementos estruturantes de comunicação e significação que concedem a esta peça teatral toda a sua força artística. Lendo-a e representando-a tão-somente como farsa, saboreamos momentos de puro deleite humorístico e de certa sátira algo ingénua, para alívio momentâneo das nossas vidas tensas e exigentes. Mas lendo e encenando o *Auto da Índia* como um poema dramático onde a parataxe e a analogia de estruturas significantes valem ainda como instrumentos fundamentais de construção textual e cénica, a extensão e profundidade da obra-prima que é poderão vir a revelar-se e até (quem sabe?) a tornar-se num *habitus* cultural.

Hélio João Alves, "Gil Vicente e a arte do tempo", in *Tempo para entender. História comparada da Literatura Portuguesa*, Casal de Cambra, Caleidoscópio, 2006, pp. 41-17

9. "Um teatro 'per figura'"

Interrogação basilar: que lugar ocupa o actor na conceção de teatro de Gil Vicente? Em busca de resposta, retomo a epígrafe d' *Os mistérios da Virgem,* texto que melhor se conhece como *Auto chamado da Mofina Mendes.* Descuremos por agora a distinção entre o *geral* e o *devocional* da história, notação em torno das modalidades da ficção, para atender ao que nesse texto é dizer do fazer teatral e suas possibilidades. O frade que faz o prólogo (e)anuncia, com efeito, as figuras que virão, descrevendo depois o aparato envolvido: virá a Virgem «com mui formosa aparência» [...] «vestida como rainha», acompanhada de quatro donzelas (Pobreza, Humildade, Fé e Prudência) com seus livros, sendo o cortejo introduzido por música «orfea» em forma que desconhecemos (há no texto várias referências a salmos religiosos). Mas os intérpretes ficcionais são indicados: a didascália diz que vêm «diante quatro anjos com música». Quatro músicos, portanto, em figura de anjo, a acompanhar as cinco figuras femininas.

Na verdade, pode dizer-se, a partir deste exemplo (mas não apenas dele), que Gil Vicente fala do (seu) teatro como um mostrar / contar «per figuras», e que essa é uma das formas mais recorrentes de o autor se lhe referir. Veja-se, por exemplo, a didascália inicial das barcas, que aponta a obra como uma prefiguração onde «põe o autor [...] polas figuras» seguintes a matéria tratada; ou as muitas didascálias com. função nominativa [...] ficam as 'figuras que entram' no *incipit* do texto e ocorrem um pouco por todos os livros da *Copilação,* portanto sem distribuição genológica, embora também sem serem sistemáticas. De resto, uma leitura do *corpus* do teatro pós-vicentino dá conta da recorrente indicação das figuras na nómina didascálica, sinal claro da permanência modelar deste que talvez possa designar-se como regime figural do teatro quinhentista e que, nestes termos, não parece excessivo aproximar da categorização modal aristotélica que define a tragédia como «imitação de uma acção [...] não por narrativa, mas mediante actores» *(Poética,* 1449b, 24), ou seja, «mediante figuras».

[...]

Parece claro que neste regime cabem simultaneamente personagens e atores, nomes de mais tardia eficácia que convergem naquilo a que chamo figura. Com efeito, se por um lado se podem neste regime pensar as figuras vicentinas na sua natureza eminentemente textual, isto é, como personagens, por outro lado, pelo facto mesmo de se cometerem as figuras ao fazer teatral, como no excerto da *Mofina Mendes* se lê, é efetiva a possibilidade de pensar a equivalência entre figuras e atores, ou os atores como figuras.

[...]

Ouçamos os seus (quase) contemporâneos. Uma ainda que rápida pesquisa por textos teatrais da produção pós-vicentina comprova que a questão se materializa e se prolonga na oposição entre letras e figuras, com insistentes manifestações textuais em mais do que um dos textos / autores da (erradamente chamada) "escola vicentina". Aponto três exemplos paradigmáticos *e)*. No *Auto de Vicente Anes Joeira*, anónimo, Pero Camões e Rui Barbosa, escudeiros que «dão ũa música no meio do auto», segundo diz a didascália inicial, discorrem acerca da ocupação de fazer autos e dos problemas de quem se vê em tais lances. Na verdade, trata-se de uma cena em que, num longo arrazoado, Pero Camões, autor sabido de «mil autos cad'ano», argumenta sobre as qualidades das figuras, inequivocamente actores, de que carece para bem fazer autos. E interroga a dado passo:

> PERO. Pois que culpa tenho
> se eu figuras não acho?
> RUI Que as não busqueis vós n' arca!
> Buscai-as com diligência
> e achareis sem aderência
> mancebos de muita marca, 530
> figuras por excelência. *(VAj: 65)*

Achar (ou não) figuras é, neste contexto – isto é, no contexto de uma cultura teatral emergente, em busca de ocasiões, materiais e recompensas, termos dentro dos quais melhor se entende a "escola vicentina", herdeira segura de exemplaridades textuais mas não de modelos de produção teatral – responder aos quesitos básicos do ofício, ponderando a relação das figuras com a aceitação do público e com o domínio de competências específicas, também elas emergentes.

[...]

Disse que a pesquisa sobre o fazer da figura vicentino procura, em primeira instância, inquirir dos modos do seu fazer teatral, das sua possibilidades e dos seus agentes. Aquele que lhe dá corpo é central nessa investigação, mas a sua abordagem carece de algumas ressalvas. Desde logo, a que decorre de afirmar a sua condição historicamente variável. Em rigor, investir em direcção à figura é afirmar essa variabilidade, como disse. Tendemos, alertados por um estudo recente Peter Thomson (2000), a pensar o ator como se ele sempre tivesse tido clara consciência do que o separa da personagem, assim como tendemos para pensar o público como se a relação teatral se pautasse pelos mesmos pressupostos, como se, por exemplo, o desiderato naturalista de ignorar a presença da plateia sempre tivesse existido.

Na verdade, a separação clara entre personagem e ator, que conhecemos bem desde as reflexões setecentistas sobre a questão (e que desaguam no *Paradoxo* de Diderot), dificilmente se verificaria com Gil Vicente, num contexto em que a representação teatral podia ser muitas coisas, entre a multiplicidade das práticas de entretenimento e as estratégias de afirmação ideológica que a colocavam ao serviço do poder. Veja-se a esta luz a eficácia com que o teatro vicentino (mas não apenas) integra objetos de carácter não ficcional – referências a figuras da corte, a acontecimentos e espaços –, numa concretização das modalidades mistas de existências de que a ontologia da semântica ficcional dá conta. Lembre-se a *Comédia do viúvo* e a interpelação ao futuro D. *João* III como caso paradigmático dessa modalidade da ontologia ficcional, de que qualquer ensaio de caraterização teórica do teatro vicentino (e quinhentista) terá de dar conta.

Assim, deveria talvez dizer-se que ser figura em auto significa ser, simultaneamente, personagem e ator, corpo vivo e objecto da ficção. Sublinho: da ficção, mais do que de ficção, como decorre do que antes disse. Integradas no regime figural, as figuras de auto são concretização inequívoca num corpo que, de qualquer modo, materializa juntamente com as determinantes da personagem a sua condição profissional, as suas competências técnicas ou a sua identidade sociológica. Assim como o príncipe traz a dignidade da realeza à *Comédia do viúvo*, também as figuras (os actores) trazem modos seus de expressão, as suas técnicas e o seu ser.

O mesmo é dizer que pensar as figuras como gente da corte ou como os chocarreiros que povoam o entretenimento cortesão (ambas as possibilidades estão documentadas, como se sabe) faz toda a diferença. Como faz diferença pensar a dimensão coreográfica do teatro vicentino sem atender às doutrinas da dança de corte, em oposição às que enformam o bailar de terreiro com que se festeja, por exemplo, o casamento de Inês.

Ainda um escolho no investigar da figura (ator). Sabendo embora a inelutável condição de presença corpórea, não se trata – por impossível de pesquisar este ou aquele actor, embora haja nomes cujo conhecimento pode trazer muito ao estudo (por exemplo a lista dos chocarreiros, do Panasco ao Couto ou ao D. Artur que animava *D. João* III). Trata-se antes de encontrar traços das figuras do teatro vicentino enquanto possibilidade material e expressiva maioritariamente indiciada nos textos e de que temos de aproximar as formas de comportamento que regulam e integram o seu fazer – no plano do gesto, da voz, dos saberes e das vivências que o inscrevem no seu mundo de cultura. Admitir assim a possibilidade de ler os textos vicentinos sob o regime da figura é encontrar exactamente o que evidencia as competências atorais implicadas nesse regime. Se sabemos que a história dos atores se não fez, e que dos corpos vicentinos em cena não nos restam senão palavras, sabemos também que essas palavras (ao menos algumas delas) solicitam formas de fazer específicas e reconhecíveis, o que aqui designo por competências atoriais. Não pode deixar de passar por examiná-las nos múltiplos planos do trabalho das figuras: memória, corpo, voz, movimento; condições técnicas como o domínio de instrumentos musicais, o canto, a dança – o trabalho sobre os agentes do teatro vicentino, em direção a uma sua *teátrica* (mais do que uma sua poética).

José Alberto Ferreira, *Uma discreta invençam. Estudos sobre Gil Vicente e a cultura teatral de Quinhentos*, Coimbra, Angelus Novus, 2004, pp. 8-13.

10. "O não humanismo de Gil Vicente"

O que dizemos bastará, suponho, para medir a distância entre Erasmo e o erasmismo genuíno e Gil Vicente. Não é fazer obra consistente servir-se da mera semelhança exterior para concluir sobre identidade de substância. É lugar-comum dos estudos literários entre nós, mas é um mau lugar. O mesmo se passa com Camões e Petrarca ou Pessoa e Whitman, e sem fundamento igualmente. As semelhanças exteriores da sátira de Gil Vicente e de Erasmo são evidentes. Ninguém as pode contestar. Mesmo sem leitura de Erasmo podem elas explicar--se pela realidade histórica que em última análise efetivamente as justifica. É bem possível que Gil Vicente, que era bem mais ilustrado e lido do que se nos quer fazer crer, conhecesse Erasmo ou tivesse uma ideia precisa das suas críticas ao clero do seu tempo e ao comportamento escandaloso da Igreja em vários campos. Essa não é a questão que deve interessar quando, como se fosse coisa sem importância e que nem se discute, se mete Gil Vicente no rol dos *erasmistas*. E isto, claro está, tomando o «erasmismo», não no sentido limitado de simples comportamento erudito ou crítico sem consequências de maior, mas no sentido extremo de *atitude conscientemente assumida de crítica institucional larvar da Igreja e crítica explícita do estatuto medieval dos seus sacerdotes e monges.* A questão autêntica do famigerado erasmismo de Gil Vicente é pois esta: a de saber se na sua obra existe algum indício que nos permita enrolá-lo de facto nessa atitude «revolucionária» que clara ou ocultamente o erasmismo subentendia.

Já se pode supor que a nossa resposta será negativa. Erasmista, em sentido próprio, não o foi. Nisto toda a gente está de acordo, embora a maioria insista pesadamente na «pouca cultura» vicentina como se não poder ser catalogado entre os *humanistas* implique *ipso facto* um atestado de incultura. (Isto só prova que o «mito» humanista não só triunfou, mas tem larga vida sob a pluma universitária...) O *«não humanismo»* de Gil Vicente, todavia, na perspetiva que nos interessa, não é fator que seja sem significação. Muito pelo contrário. Isso seria supor que o *humanismo* em Erasmo é um vestuário neutro, quando ele é o *centro* ou o motor do seu «erasmismo», precisamente. Ser *humanista* não é outra coisa que não ser ou não querer ser sujeito dessa cultura medieval que Erasmo execra e, com ele, os verdadeiros erasmistas. O evidente «não humanismo» de Gil Vicente não é pois o acidental saber pouco o seu latim e nada o seu grego e o seu hebreu, mas a substancial imersão num saber ou numa sabedoria que na ótica erasmista é um tecido de sofismas, de ignorância ou ingenuidade. Portanto, já aqui, sob o plano de um erasmismo limitado, *o* abismo não pode ser maior. Nós cremos simplesmente que é *o* que existiu e existe entre a mentalidade de Gil Vicente e a de um Erasmo. Possivelmente, sobretudo, entre a realidade histórica e cultural que justifica *o* erasmismo e a que explica *os* autos de Gil Vicente.

Se do erasmismo em sentido limitado passamos ao erasmismo, digamos, «mítico», para englobar nele não só *o* que Erasmo lá pôs, mas também *o* que se lá viu *ou* pôde ver, a distância também não é menor. Vimos já como a Ironia é a essência mesma da atitude erasmiana e *o* que significa tal ironia. Quem pode afirmar que sejam *os* autos de Gil Vicente envoltos nesse lençol de gelo que queima *o* que ilumina? De certo, há ainda em Erasmo um eco – e até mais do que isso da boa e grosseira graçola medieval, estudantil e clerical, mas há sob ela *ou* por detrás dela uma segunda intenção jamais ausente, uma consciência dos fins para que tende que lhe tira toda a inocência, como é próprio da Ironia. Ora é justamente o espectáculo *oposto* que a obra inteira de Gil Vicente nos apresenta. Nós estamos no pólo *oposto* de uma consciência dividida *ou* em vias de dividir-se. É mesmo aqui que reside não só o milagre de uma obra mas de uma época, tanto maior quanto já era de certo modo um milagre anacrónico. (E isto mesmo a obra o atesta, como veremos...).

A promiscuidade tipicamente vicentina – e que nunca mais será possível – entre o humano e o divino, mesmo do mais rude e grosseiro humano, promovido a interlocutor válido por essa mesma simplicidade, por demais nos situam nesse mundo rústico e popular da Idade Média, cujos contornos nos parecem irreais mas que foi vivido sentido e amado cumo natural e tangível em sua maravilhosa articulação. Gil Vicente e o seu público não se movem nem discorrem sobre puras *ideias* como Erasmo, mas caminham, habitam, evocam *presenças* com um natural e um fervor que nem já as crianças do nosso mundo concedem ao folclore em perpétua dissolução dos seres imaginários que nós lhe fabricamos em lugar dos anjos vicentinos que desertaram o nosso céu vazio. Pela última vez, as *verdades do Homem* se imobilizam e cada qual as podia tocar, fossem a Virgem ou o Tempo ou a Morte. É tudo isto que a erudição de Erasmo desconstrói abolindo lentamente a celeste arquitetura. Com ele o Tempo entrará na Cultura que deixará de se mover num eterno presente onde era possível evocar com um à-vontade divino Pentesileia e Santo Agostinho, como Aníbal e Job. Ou melhor, é essa entrada do Tempo que marcará o que mais tarde, quando o esquecimento que permitiu que ela nascesse for completo, se chamará Cultura. Também o Tempo está presente no mundo de Gil Vicente, não segundo o *cliché* naturalista de ser a obra vicentina supremo espelho sem tempo como se afirma em dissertações académicas, mas num outro bem diferente que explica a fascinação e o interesse que essa obra, tão nitidamente tributária de uma visão do mundo arcaizante já no momento em que é criada, tenha podido conservar uma tão grande vitalidade e um não menos profundo significado. Aqui encontramos, de uma forma que aparecerá imprevista mas que não o é, conclusões na aparência semelhantes às do autor da *História da Cultura em Portugal* [António José Saraiva]. O leitor dar-se-á conta da diferença. Excluindo como o fazemos que a obra de Gil Vicente contenha qualquer conteúdo não ortodoxo em matéria religiosa ou «revolucionária» em sentido ideológico, sustentamos com a mesma decisão que *essa obra mesma* é a expressão de uma profunda e rápida transformação social, moral e indiretamente religiosa, incapaz de tomar consciência dela mesma como transformação efectivamente «revolucionária» ou heterodoxa mas capaz não só de descrever sem o nomear o seu mal-estar profundo como de o sublimar e de o transfigurar.

O que dizemos mais não é afinal do que explicitar o conteúdo sociológico e ideológico de uma obra cuja aparência se manifesta já sob a forma de *predicação*. Simplesmente, a predicação vicentina não é uma predicação banal. É uma *predicação oficial,* oficialmente protegida durante anos sucessivos e vitalmente importantes para a nação. A constância, a extensão, a grandeza de uma tal *predicação* desenham em negativo a realidade positiva que era a de uma sociedade que, por um mistério que escapa a Gil Vicente, como de certo escapava à Corte, se *afastava* desse espelho ideal de uma sociedade ideal que o pregador Gil Vicente vai visualizar, menos diante do povo que diante da classe dirigente da Nação.
[...]
Contrariamente à exegese tradicional parece-nos claro que essa predicação, sem ser ela mesma trágica – aparecendo mesmo sob a forma cómica quase sempre – só ganha significado em função de *um trágico* implícito que por ser «mascarado» na obra de Gil Vicente não é menos presente. Que não

se nos faça dizer o que nós não dizemos. Gil Vicente não é o poeta que sensível ao *trágico* do seu tempo resolve não o tomar a sério, como vulgarmente se diz, e prefere rir com ele. Gil Vicente não é o Shakespeare de certas passagens. O trágico é-lhe invisível como tal e o que lho vela é justamente a visão católica e medieval do mundo. Radicalmente desvalorizado, este *mundo passageiro* não pode ser lugar do trágico tal como o mundo moderno o entende. A única tragédia é a da salvação e da perdição e é essa que, a esse título, Gil Vicente glosa. Todavia, a esta tragédia intemporal está-se juntando um elemento estranho, inquietante e que é o do *desinteresse por essa tragédia da salvação*. É esse o autêntico trágico que sustenta toda a pregação teatral de Gil Vicente. E assim nos aparece desfeita e explicada, segundo supomos, a tenaz legenda erasmista vicentina. Gil Vicente nem é erasmista, nem sustenta combate ideológico algum no sentido de António José Saraiva, nem é revolucionário de maneira nenhuma que possa ter sentido dentro ou mesmo fora da teoria que serve ao autor de referência. Gil Vicente é *exatamente o dique contra isso tudo, que embora não explícito constituía já a substância histórica da existência nacional, não como teoria, nem como prática consertada, mas como pressentimento, como possibilidade.* Ou seja, no vocabulário de A. José Saraiva, o perfeito reacionário. Quem estava às portas da Renascença não era Gil Vicente fazendo tudo que era humanamente possível, embora não o soubesse, para que elas não se abrissem, era o *povo português* que na realidade do seu viver, segundo a sua ótica (exagerada aliás para o efeito da predicação) Mestre Gil nos apresenta *longe* do ideal jamais concretizado mas sempre presente de um *Portugal velho* cujos vestígios o poeta saúda e conserva.

Eduardo Lourenço, "O gibão de Mestre Gil", in *O Gibão de Mestre Gil e outros ensaios*, LX, Gradiva, 2004, pp. 15-47 [Texto datado da década de 60, que serviu de reacção às teses vicentistas de A.J. Saraiva, publicadas na *História da Cultura em Portugal*].

6.
ABECEDÁRIO

ALEGORIA

Forma de representação simbólica que pode incidir em personagens, instituições ou valores abstratos. Em Gil Vicente, as alegorias marcam sobretudo presença nas moralidades, de forma parcial ou exclusiva. Assim e apesar de surgirem alegorias nas *Barcas* (o Anjo e o Diabo são, respetivamente, alegorias do Bem e do Mal) ou em *Feira* (Roma é uma evidente alegoria do papado), em qualquer dos autos se verifica também a presença de personagens "realistas". Já o *Auto da Alma* aparece exclusivamente suportado por um encadeamento de alegorias, que vão da própria Alma, significando a espécie humana, à Igreja e seus doutores, Anjo, Diabo, etc.

AMOR

Tema recorrente no teatro de Gil Vicente. Ao contrário do que sucede na tradição lírica cancioneiril, aparece muitas vezes investido de propriedades diferenciadoras no plano social e etário. Assim, são relativamente frequentes as ridicularizações dos velhos ensandecidos de amor ou dos escudeiros que associam esse sentimento a uma retórica estereotipada e fria. São ainda satiricamente menosprezadas as ilusões amorosas dos pastores e pastoras de *Serra de Estrela*. Em contrapartida, o Amor aparece enaltecido como sentimento próprio de príncipes e princesas no *Dom Duardos* ou no *Amadis de Gaula*. Na *Comédia do Viúvo*, inclusivamente, o amor conjugal é objeto de louvor continuado, ao longo da lamentação do viúvo que evoca as virtudes da mulher falecida.

ANJO

Personagem alegórica, representante do Bem, caraterística das moralidades e dos mistérios medievais. Em Gil Vicente, pode assumir uma atitude tendencialmente passiva (*Barca da Glória*) mas pode também desempenhar um papel interveniente com graus diferentes de humanização (*Quatro Tempos*, *Breve Sumário da História de Deus*, *Alma* e *Feira*). Nos primeiros três autos, cabe-lhe um discurso doutrinador sobre a vida terrena e a Pátria celeste, origem e fim de tudo; em *Feira*, para além da oposição marcada ao diabo comerciante (a quem chega a querer expulsar do recinto), mantém com o pastor Gilberto um sugestivo diálogo acerca das relações e dos caminhos que medeiam entre a Terra e o Céu.

AUTO

Designação abrangente de peça teatral em um ato (*actu*). Ainda durante o século XVI, viria a tomar o sentido de obra de temática religiosa, sem observância de preceitos formais muito rigorosos, opondo-se, nessa medida, a designações mais codificadas como *tragédia* ou *comédia*. Nesse sentido entrou no léxico próprio das literaturas ibéricas, desde o *Auto de los Reyes Magos* (séc. XIII) até aos "autos sacramentales" que eram representados durante a procissão do *Corpus Christi*, do século XVI ao século XVIII.

Em Gil Vicente, a designação surge muitas vezes nas didascálias em sobreposição ou conjugação com termos genológicos mais precisos como "farsa", "comédia", etc.

BARCAS

Conjunto articulado de três autos, representados entre 1516 (ou 1517) e 1519, centradas no julgamento "post-mortem" de figuras da época. Enquanto na *Barca do Inferno* encontramos um leque variado de personagens submetidas a julgamento (desde o sapateiro desonesto ao "precioso" Dom Anrique), na *Barca do Purgatório* encontramos apenas personagens da base social. Finalmente, na *Barca da Glória*, comparecem os grandes do mundo, quer de estado religioso quer de condição civil. Neste último auto verifica-se ainda a presença da Morte, à semelhança do que ocorria na tradição literária da *Danza de la Muerte*.

Para além do seu valor intrínseco, as B. ocupam lugar central na obra de Gil Vicente, podendo mesmo ser tomadas como a sua síntese menos imperfeita. Em boa verdade, o efeito irradiador que resulta da lógica da Condenação e da Salvação, subordina o entendimento da generalidade das peças vicentinas, aconselhando a que a sua leitura se faça em função de uma dialética, que surge directamente expressa.

BILINGUISMO

Recurso a duas línguas, em simultâneo, relativamente comum nos autores portugueses do século XVI. No caso de Gil Vicente, a utilização do português e do castelhano chega a verificar-se no interior do mesmo auto, como forma de caraterização das próprias personagens (v. *Índia* e *Inês Pereira*). Para além de circunstâncias imediatas (a própria corte era bilingue), a opção por uma das línguas envolve razões de prestígio literário: as comédias são escritas em castelhano enquanto nas farsas prevalece o português.

CAVALEIRO

Figura que surge já no teatro castelhano-leonês de Encina e Fernandez, e posteriormente nas comédias fantasiosas de Torres Naharro. Em Gil Vicente aparece investido de duas funções: opondo-se dialogalmente ao pastor (*Reis Magos*) ou desempenhando papel autónomo no seio de uma intriga onde o C. demanda o Amor e a Justiça (*Rubena, Viúvo, Amadis, Dom Duardos*). Por via de regra, trata-se de uma personagem positivamente realçada, podendo ver-se nela o contraponto do comerciante, destituído de ideais e motivado apenas pela ambição material. No *Auto da Lusitânia* é justamente um cavaleiro caraterizado desta forma quem consegue conquistar Lisibeia, que era também requestada por ricos pretendentes.

COMÉDIA

Género de ascendência greco-latina, reabilitado pelo Renascimento italiano. Carateriza-se pela presença de uma intriga complexa, envolvendo situações e personagens cómicas, e ainda pela incorporação de referências sociohistóricas. Em Portugal e em vernáculo, a C. é primeiramente cultivada por Sá de Miranda (*Estrangeiros* e *Vilhalpandos*) logo seguido por António Ferreira (*Bristo* e *Cioso*).

Em Gil Vicente, que se situa à margem desta matriz, encontramos a conceção medieval do género. Menos codificada e menos objeto da atenção dos tratadistas, a C. pressupõe uma fábula fantasiada e de desfecho positivo, onde intervêm quase sempre cavaleiros e personagens mitológicos (*Divisa da Cidade de Coimbra, Viúvo* e *Rubena*).

CÓMICO

Forma de representação artística centrada no riso. De entre os géneros dramáticos cultivados por Gil Vicente, a farsa é aquele em que o C. marca presença mais regular. Conhecida como "máquina de fazer rir", a farsa engloba uma intriga centrada no Engano e pressupõe a oposição entre personagens astutas e ingénuas. Do cruzamento entre umas e outras nasce essencialmente o C. de situação e de linguagem (o C. de personagem, prevalece na comédia e não tanto na farsa). Uma outra tipologia do C. que pode aplicar-se à obra de Gil Vicente com vantagem é aquela que distingue entre o "rir de" e o rir com", envolvendo a primeira modalidade uma situação de superioridade por parte de quem ri e a segunda uma situação de cumplicidade entre o espetador/leitor e o agente de riso, situado no interior da peça.

Apesar de se fazer notar num conjunto considerável de autos (mesmo para além das farsas) o C. não chega a constituir um traço estruturante da obra vicentina, uma vez que surge sempre ao serviço da Sátira.

COPILAÇAM (LIVRO DAS OBRAS)

Conjunto de peças vicentinas editado pela primeira vez em 1562, sob os auspícios de dois filhos do autor (Paula e Luís Vicente). Divide-se em cinco livros, agrupando 44 autos e outras peças de menor extensão: "Obras de devaçam", "Comédias", "Tragicomédias", "Farsas" e "Obras meúdas". O facto de se tratar de uma publicação póstuma, suscita dúvidas quanto à intervenção que o autor possa ter tido na sua organização. De qualquer modo, e embora admitindo a existência de uma mão corretora e ordenadora (a de Luís Vicente) e sabendo que o resultado da impressão realizada na oficina de André Gonçalves revela alguma incúria, está fora de dúvida que o *Livro das Obras* de Gil Vicente (C.) traduz, muito de perto, uma vontade de publicação por parte do seu autor, para além de um envolvimento importante nos preparativos dessa mesma publicação.

Para além da edição de 1562, a C. voltou a ser publicada ainda durante o século XVI. Embora bastante mutilada pela censura inquisitorial, essa edição, vinda a público em 1586, oferece alguns motivos de interesse, tanto a nível tipográfico (com destaque para a iconografia de numerosos tipos vicentinos) como em termos de conteúdo. Destaque-se, a este propósito, a versão que nela figura do *Auto de Dom Duardos*, provido de uma carta-prefácio do autor e de uma lição, em regra, mais explícita e completa do que a edição de 1562.

CULTURA POPULAR

Acervo de temas, motivos e sentenças próprios das classes sociais mais baixas. Em Gil Vicente, a C. P. ocupa um importante papel, opondo-se, muitas vezes, ao artificialismo cortesão. Traduz-se em provérbios diretos mas também na presença privilegiada de determinadas personagens, portadoras de hábitos e atitudes mentais opostas à Corte. Desta oposição pode, algumas vezes, resultar, para os autores de hoje, uma relativa ambiguidade em termos de objeto ou agente de cómico. É, designadamente, o caso do rústico Pero Marques, em *Inês Pereira* e, sobretudo n' *O Juiz da Beira*, onde o alvo de riso se transforma em agente de Sátira.

Para além de constituir um substrato importante na obra de Gil Vicente, a C. P. pode ainda ser tomada como ponto de vista privilegiado a partir do qual se efetuam aproximações e distanciamentos à realidade.

DANÇA DA MORTE

Tradição iconográfica de dimensão europeia datável de finais do século XIV que consistia na figuração da Morte e do cortejo das suas vítimas, socialmente caraterizadas. A representação, que era feita em espaços religiosos e civis, destinava-se a confrontar os homens com o seu destino, encerrando, nessa medida, uma evidente lição de catequese moral.

No espaço ibérico, essa tradição é menos pujante (restringindo-se praticamente à Catalunha). Em contrapartida, data pelo menos de finais do século XIV a circulação de textos que incorporam a mesma mensagem. Se nos ativermos à *Danza de la Muerte*, publicada em Sevilha nos primeiros anos de Quinhentos aí encontramos inclusivamente algumas das personagens que compõem o cortejo das *Barcas* vicentinas, como o Lavrador, o Usurário, o Frade, o Cardeal, o Papa e o Imperador.

DIABO

Figura alegórica muito corrente nas moralidades e nos mistérios medievais. Surge quase sempre em oposição ao Anjo, sinalizando ambos a antítese entre o Mal e o Bem. Em Gil Vicente pode assumir um leque muito variado de funções: tentador original (*História de Deus*), agente de tentação (*Alma*), encarnação do senso comum (*Feira*) ou rememorador dos pecados (*Barcas*).

Em qualquer dos casos, porém, se nota, por parte de Gil Vicente uma estratégia de familiarização da personagem, de modo a que o leitor ou o espetador pudessem relacioná-la com figuras e situações verdadeiras e coetâneas.

ESCOLA VICENTINA

Designação histórico-literária abrangendo um conjunto de dramaturgos do século XVI, mais novos do que Gil Vicente: (António Prestes –, Afonso Álvares – c.1520-c.1575, Baltazar Dias – c.1500-1571, António Ribeiro "Chiado" – 1520-1591, etc.). Apesar da proximidade cronológica e de algumas coincidências temático-formais, nada atesta, porém, que Gil Vicente tenha exercido um magistério efetivo sobre os referidos autores. De resto, as diferenças sensíveis que apresentam entre si são suficientes para evitar a designação de "escola", normalmente aplicada a um conjunto homogéneo e coetâneo de autores que perfilham os mesmos códigos de representação.

A matriz popular em que normalmente se filiam explica tanto o seu sucesso imediato como o relativo esquecimento em que vieram depois a cair.

ESCUDEIRO

Personagem que surge em algumas farsas do teatro francês, onde representa as aspirações frustradas dos estratos mais baixos da nobreza. Em Gil Vicente torna-se objeto de sátira, na medida em que se identifica com a ociosidade, a hipocrisia, a retórica vã e o parasitismo social. A insuficiência de recursos materiais leva-o a deitar mão de ardis e a disfarçar permanentemente a sua condição. A série de escudeiros vicentinos é inaugurada por Aires Rosado (*Quem tem Farelos*) repetindo-se depois em *Índia*, *Inês Pereira* e *Juiz da Beira*. O fidalgo de "pouca renda", de *Almocreves*, é ainda um sucedâneo do E. Em qualquer dos casos, a figura identifica-se com um homem na força da vida, apto a desempenhar uma profissão realmente útil. O facto de se recusar a fazê-lo, transforma-o num símbolo do Portugal novo, enlevado pela miragem de uma vida fácil e prazerosa.

FARSA

Género do teatro medieval europeu, caraterizado pela mecânica do Engano, por uma intriga curta e concentrada, por um reduzido número de personagens e pela verosimilhança de situações. Gil Vicente cultivou o género desde muito cedo (*Quem tem Farelos* pode ter sido representada em 1506 e *Índia* em 1509) e prolonga esse seu apego até ao final da sua carreira (a complexa *Floresta de Enganos*, de 1536, sugere um curioso compromisso entre a farsa e a comédia). Ao vezo cómico e burlesco próprio do género, Gil Vicente adiciona sitematicamente uma componente satírica e moralizante, que ganha ainda mais sentido quando é avaliada no cômputo global da obra. Nesse plano, a farsa deve ser contraposta à moralidade.

IDADE MÉDIA

Conceito periodológico da Arte e da Literatura do Ocidente que, embora abrangendo essencialmente os séculos XIII a XV, engloba ainda, na sua parte final, a criação vicentina. A ideia de Ordem estamental e moral aliada à representação simbólica e alegórica ou ao registo realista e satírico dão corpo à concepção moralizante de arte, que Gil Vicente claramente perfilhou e que é uma das tónicas essenciais deste quadro histórico-cultural.

A doutrina cristã, derivada da Bíblia e da Patrística constitui o travejamento deste período e do teatro vicentino globalmente concebido.

JUDEU

Personagem de cariz etnossocial que integrava a realidade portuguesa da época. Pode desempenhar diferentes funções no teatro de Gil Vicente: aí encontramos designadamente o judeu casamenteiro e comerciante que, em *Inês Pereira* inculca o Escudeiro Brás da Mata à ansiosa Inês; o judeu pertinaz do *Diálogo sobre a Ressurreição* e do *Auto da Barca do Inferno*, ambos objeto de censura (e no segundo caso de condenação escatológica). Já num outro registo, encontramos em *Lusitânia* uma família inteira de judeus que se dedicam à alfaiataria. Retratado com invulgar pormenor, o ambiente familiar dos alfaiates envolve momentos de trabalho e de diversão. É justamente no decurso do trabalho que a família judia resolve levar por diante a representação de um auto, num exemplo raro de "teatro dentro do teatro".

JUSTIÇA

Tema recorrente na dramaturgia vicentina, sendo muitas vezes atingido pela sátira. Assim sucede na *Barca do Inferno*, quando o Corregedor e o Procurador são alvo de condenação, por via da sua venalidade. Assim sucede no *Juiz da Beira*, no qual um rústico é arvorado em juiz para subverter as leis oficiais consignadas nas *Ordenações*, na *Frágua de Amor*, em que a Justiça é alegorizada na figura de uma velha corcovada e de vara torta. Por fim, na *Floresta de Enganos*, deparamos com um juiz de 66 anos que promete favorecimento jurídico a uma moça, na expetativa de uma retribuição amorosa; na sua sandice, é posto a ridículo, vendo-se obrigado a um disfarce aviltante (padeira negra) para não ser descoberto.

LIRISMO

Forma discursiva em que o Eu fala essencialmente de si próprio, minorando ou suspendendo as circunstâncias de tempo e de lugar. Em Gil Vicente encontramos vários tipos de L. (referencial, suplicante, exortativo, precatório), servindo, em geral, de contraponto à sátira corrosiva. O L. identifica-se com uma atitude estética e estruturante, também percetível num plano transversal. Nessa medida, e para além dos muitos passos que podem destacar-se nos autos (dando origem a antologias relativamente desenvolvidas), é necessário ter em conta as personagens que sistematicamente aparecem associadas a este tipo de discurso (pastores e cavaleiros, sobretudo) e os géneros em que ele acaba por prevalecer (autos pastoris e comédias, sobretudo).

Em abstrato, é possível identificar, ao longo do *Livro das Obras*, um itinerário de reconversão ideal do homem que se arrepende, suplica, louva e exalta o Bem.

MATRIZES

Modelos que inspiraram mais de perto a arte de Gil Vicente. Podem identificar-se muitos modelos, de natureza e importância diferente. No plano literário teatral, devem destacar-se os cancioneiros ibéricos dos séculos XV e princípios do século XVI, as églogas teatralizadas de Juan del Encina e de Lucas Fernandez e, mais tarde, as comédias de Torres Naharro. Ainda neste âmbito, deve destacar-se o papel da tradição teatral francesa da Idade Média, onde o autor português colheu nomeadamente formas já constituídas como a farsa ou a moralidade.

No plano extraliterário, as influências que podem detetar-se na obra de Gil Vicente vão da cultura popular à liturgia, à música e às artes figurativas. Embora nem sempre seja fácil proceder à distinção entre os dois planos, é praticamente certo que as influências mencionadas em último lugar são, em grande parte, já filtradas pela tradição teatral.

MOMOS

Divertimentos cortesãos, de origem borgonhesa e italiana, que se realizavam para assinalar acontecimentos importantes (casamentos de príncipes, entradas régias em cidades, vitórias militares, etc.). A par de um evidente lastro mitológico, envolviam um grande impacto cénico (efeitos de luz e de som, prodígios de cenário, etc.) e implicavam um esboço de intriga cavaleiresca, em que um herói empreendia a façanha à vista de todos, obtendo, no final, a sua recompensa.

A presença da técnica do momo é bem visível em peças vicentinas como *Nau de Amores*, *Cortes de Júpiter*, *Templo de Apolo* ou *Frágua de Amor*. Apesar disso, porém, o dramaturgo associa aos esperados efeitos cénicos, o jogo da palavra que, nos momos tradicionais, detinha uma dimensão muito escassa.

MONÓLOGO

Género teatral de temática flexível. Gil Vicente compôs apenas um monólogo (*Auto da Visitacão*) embora tenha incorporado varios monólogos e solilóquios em outros autos: é o caso do *Templo de Apolo*, *Feira*, *Triunfo do Inverno* e *Mofina Mendes*. Os monólogos situados no início dos autos constituem, muitas vezes, sinalizações preciosas do ideário do autor ou do desenrolar da própria peça. É o que sucede, concretamente, com o frade sandeu de *Mofina Mendes*, com Mercúrio no *Auto da Feira* ou com o vilão Janafonso, do *Templo de Apolo*.

MORALIDADE

Género marcante do teatro medieval francês, caraterizado pela intenção didática, pela destrinça rigorosa entre o Bem e o Mal e pela representação alegórica. Mais longas do que as farsas e gozando de menor favor do público, as moralidades constituíam, na Europa de Quinhentos (assinalada por grandes querelas teológicas) uma via privilegiada de catequese. Existem pelo menos dois tipos de m.: a m. alegórica e doutrinal, que se define pela densidade da mensagem e pela exclusividade da alegoria e a a m. políticossocial, que envolve personagens verosímeis, subordinadas, por vezes, a uma disposição narrativa. Gil Vicente cultivou essencialmente o segundo tipo (*Feira*, *Barcas*, *Sibila Cassandra*, etc), sendo *Alma* o único exemplo da moralidade doutrinal.

Na sua globalidade, o teatro vicentino pode ser identificado com uma espécie de moralidade transversal, na medida em que nele se observa uma evidente intenção doutrinal e didática e uma delimitação entre o que deve ser louvado e o que deve ser repreendido.

MISTÉRIO

Género do teatro medieval centrado na representação de cenas bíblicas, envolvendo normalmente as personagens centrais da história da Salvação. Em Gil Vicente, para além dos breves *Diálogo sobre a Ressurreição* e *Auto da Cananeia*, encontramos um exemplo perfeito na *História de Deus*. Em geral, os mistérios do teatro medieval eram particularmente extensos (podendo alcançar 30 000 versos, equivalendo a mais de 10 horas de cena) e eram representados em espaços públicos para grandes multidões. Em Gil Vicente, a extensão é deliberadamente reduzida e adequada ao público cortesão.

NATAL

Circunstância central no teatro de Gil Vicente, como já o havia sido na obra de Encina e Fernández. Aparece desde logo indirectamente evocado no *Auto da Visitação*, uma vez que a celebração do nascimento do príncipe D. João faz lembrar o Presépio, até nos seus termos estilísticos. Surge depois, em tonalidade catequética, nos autos pastoris (*Português* e *Castelhano*), em *Fé* e nos *Quatro Tempos*. Em autos como *Sibila Cassandra*, *Mofina Mendes* e *Feira*, surge como cena final, de esplendor harmonioso, em contraponto a todos os erros humanos antes representados. Finalmente, na *Barca do Purgatório*, surge como circunstância apaziguante, explicativa do próprio desfecho da acção. À semelhança do que acontecia com a catequese oficial da época, o Natal vicentino tem quase sempre como centro a figura de Maria, que aí é tomada como exemplo de absoluta submissão aos desígnios divinos.

NATUREZA

Representação temática do espaço natural. Em Gil Vicente pode assumir uma versão mais centrada na dinâmica dos ciclos (*Quatro Tempos* e *Triunfo do Inverno*) ou mais idealizada. Neste último caso, avulta o célebre jardim de Flérida (*Dom Duardos*), verdadeiro "hortus conclusus" e espaço de solilóquio da princesa tomada de amores pelo príncipe disfarçado de hortelão. Ainda neste mesmo auto, onde o tempo exterior não tem nenhuma espécie de influência, o jardim funciona como *locus amoenus* absoluto, enquadrando a felicidade para todos (incluindo o par de hortelãos verdadeiros, felizes na sua condição de servidores).

Para além deste tipo de representação, a Natureza funciona ainda como lógica contraposta às convenções sociais. Esta vertente é particularmente visível nas farsas, onde o instinto prevalece, opondo-se às normas morais.

PARVO

Personagem recorrente no teatro europeu medieval. Em Gil Vicente surge numa dezena de autos, indistintamente em farsas e moralidades (*Fama, Rubena, Frágua de Amor, Nau de Amores, Pastoril Português, Serra da Estrela, Horta, Inferno, Enganos* e *Juiz da Beira*).

Pode assumir apenas uma função secundária, não ultrapassando as marcas de sensitividade que normalmente o acompanham (*Enganos, Nau de Amores, Horta*, por exemplo); mas pode chegar a desempenhar funções de outro tipo: é o caso do Pero Marques que no *Juiz da Beira* é designado como "parvo" pelo Porteiro da Corte mas que acaba por demonstrar uma lógica coerente em toda a sua atuação; é o caso de *Festa*, onde chega a pedir a Verdade em casamento; e é, sobretudo, o caso do Parvo Joane da *Barca do Inferno* que funciona como charneira entre os condenados e os cavaleiros de Cristo que embarcam diretamente para o Paraíso. Enquanto símbolo do despojamento, o parvo Joane representa aí uma etapa obrigatória para o Merecimento da Glória. Assim se entende a sentença do Anjo que, embora dilatória, lhe assegura a Salvação.

PASTOR

Personagem central no teatro de Gil Vicente, aí desfrutando de uma caracterização positiva. É sob a forma de pastor (vaqueiro) que Gil Vicente se apresenta ao público cortesão, assumindo-se como fonte enunciativa de onde partem não apenas críticas mas também uma mensagem apologética e moralizante.

Há, em todo o caso, que distinguir entre o pastor *realista* e o pastor *idealizado*: à primeira categoria pertencem, por exemplo, as figuras de *Serra da Estrela*, desencontrados nos seus amores e aspirações ou mesmo o conjunto que se apresenta no final de *Feira*. À segunda categoria pertence essencialmente o pastor Gil do *Pastoril Castellano* e, em parte, o Gilberto que ainda em *Feira*, estabelece com o Anjo um diálogo pleno de sugestividade moral e teológica.

PRANTO

Género da literatura medieval de forte componente teatral. Podem, desde logo, considerar-se como P. as trovas à morte de D. Manuel (contendo falas atribuíveis a alguns dos mais conhecidos fidalgos do Reino). O pranto vicentino mais conhecido é, porém, o de *Maria Parda*. Trata-se, desta vez, de um pranto paródico, envolvendo um extenso monólogo da protagonista, que lamenta a carência de vinho, um conjunto de diálogos com taberneiros que lhe vão negando a satisfação das suas pretensões e um testamento onde a mulher sequiosa estabelece as suas últimas vontades, em registo burlesco.

RENASCIMENTO

Conceito histórico-cultural que pressupõe a recuperação dos modelos greco-latinos em termos de valores e de formas artísticas, para alem de uma concepção de Arte fundada na ideia de perenidade. Apesar de ter desenvolvido a sua atividade dramatúrgica no primeiro terço do século XVI, Gil Vicente não se revela integrável neste quadro periodológico, aproximando-se muito mais do medievalismo. Nesse sentido afiguram-se forçadas todas as tentativas que do século XVIII aos nossos dias, têm apontado o "renascentismo" de Gil Vicente, evocando traços pouco identificadores no plano periodológico: a sátira, o anticlericalismo, a representação da natureza e dos dilemas humanos, etc.

SALVAÇÃO-CONDENAÇÃO

Binómio temático que dá corpo directo às *Barcas*. Em termos gerais, porém, pode dizer-se que a generalidade do teatro vicentino pressupõe a presença da escatologia cristã. Nesse sentido, e para além do plano moral, a condenação satírica representa em Gil Vicente uma reprovação teológica; por sua vez, pode dizer-se que o resgate lírico constitui uma forma de salvação metafísica.

Assim se entende que na *Barca do Inferno* os condenados encarnem o apego ao Mundo (o Ter e o Poder) enquanto os cavaleiros de Cristo que entregam a sua vida aparecem como símbolos do desprezo do mundo; assim se entende ainda que os poderosos da *Barca da Glória* venham a alcançar a salvação remidos por um gesto de misericórdia do Cristo pascal.

SÁTIRA

Forma de representação estética que pressupõe a reprovação e a censura de situações e personagens. Em Gil Vicente, a sátira surge como tónica estruturante, servindo como forma de distanciamento crítico relativamente à conduta de alguns agentes sociais que ofendem a ordem moral e social. Quando avaliada em termos pontuais (um auto ou mesmo um pequeno conjunto de autos) a S. vicentina pode ser identificada com processos de derisão radical e destrutiva. É necessário ter em conta o conjunto da produção vicentina para nos apercebermos de que a essa estratégia de corrosão se associa uma componente positiva de reconstrução ideal (que se traduz no discurso e na atitude lírica).

Na medida em que pressupõe sempre um contraponto edificante e reconfigurador a S. vicentina não pode ser confundida com a chamada cultura carnavalesca (Bakhtin), que se traduz essencialmente na inversão da moral estabelecida.

SOTTIE

Género do teatro medieval centrado no protagonismo do *sot*. Muitas vezes aparentada com a farsa, a *sottie* distingue-se dela essencialmente pelo registo mais fantasista (vs realista) e irreverente. Em Gil Vicente, a presença do *sot* (parvo) pode surgir ocasionalmente em autos como *O Velho da Horta*,

Barca do Inferno ou *Floresta de Enganos*. É, porém, n' *O Juiz da Beira* que a *sottie* encontra ilustração mais clara, com o quadro do julgamento (*sottie-jugement*) e o protagonismo do parvo Pero Marques. Do aparente sem-sentido das sentenças que profere resultam numerosos efeitos de cómico; mas adivinha-se também uma lógica fundada na Natureza.

7.

REPRESENTAÇÕES (⁸)

(⁸) Sem pretender ser exaustivo, o presente elenco pretende apenas dar conta das representações mais significativas que a obra de Gil Vicente originou até hoje, no plano da banda desenhada, da gravação magnética e da teconologia do CD-Rom.

REPRESENTAÇÕES

CD.ROM

— *Gil Vicente. Todas as obras*, Lisboa, Comissão Nacional dos Descobrimentos/Centro de Estudos de Teatro, 2002

Obra produzida sob coordenação científica de José Camões, contendo os textos (em facsímile e em texto fixado), Vocabulário, Imagens, Música, Cronologia, Bibliografia, etc.
Permite um amplo espetro de pesquisa no domínio temático e no domínio das ocorrências de palavras e frases.

— Matos, Teresa e Varnière Christine, *Auto da Barca do Inferno*, de Gil Vicente, Porto, Porto/Editora, 1998.

— Idem, *Auto da Índia, de Gil Vicente* (documento eletrónico), Porto, Porto/Editora, 1998;

CASSETE VÍDEO

Ao contrário do que sucede com os grandes autores espanhóis e franceses, por exemplo, as principais realizações vicentinas não se encontram ainda ao alcance do público. Ainda assim, encontram-se registadas algumas das encenações do Cendrev (Centro Dramático de Évora) que foram gravadas e adquiridas pela Universidade Aberta, para uso pedagógico: *Quem Tem Farelos, Índia, Físicos, Almocreves, Lusitânia, Pastoril Português, Maria Parda, Clérigo da Beira*.

— *Tragicomédia de Dom Duardos* (tradução para Português de Mário Barradas e Margarida Vieira Mendes), encenação de Ricardo Pais, 1996, TNSJ;

ÁUDIO

CD com *Música para o teatro de Gil Vicente* (1502-1536), Interpretação dos Segréis de Lisboa, com Direcção artística de Manuel Morais, Évora, 2005.

29 composições mencionadas nos autos vicentinos (total ou parcialmente), gravadas em Évora, na Igreja dos Lóios, de 2 a 4 de Fevereiro de 2003.

BANDA DESENHADA

– *Autos das Barcas*, Apresentação em banda desenhada por José Ruy, Lisboa, Editorial Notícias, 1986;
– *Auto da Índia e Farsa de Inês Pereira*,texto integral, apresentação em banda desenhada por José Ruy, Lisboa, Editorial Notícias, 1988;
– *Farsa de Inês Pereira*, ilustrado por Artur Correia, Lisboa, Bertrand Editora, 2006 (inclui teatrinho para construir, com palco e figuras).

8.

BIBLIOGRAFIA

BIBLIOGRAFIA

A Bibliografia vicentina revela-se abundante e diversificada, acompanhando as principais orientações dos estudos literários e teatrais. Para além disso, a obra de Gil Vicente vem merecendo a atenção de uma vasta comunidade de estudiosos, de vários países e de diferentes gerações.

O conjunto de referências que a seguir se propõe é necessariamente reduzido e não contempla essa mesma diversidade. O leitor interessado dispõe, no entanto, nas Bibliografias elaboradas por Constantin C. Stathatos, de uma fonte segura e praticamente exaustiva.

ACTIVA

VICENTE, Gil, *Obras*, direção científica de José Camões, Lisboa, Imprensa Nacional/Casa da Moeda, 2002;

OUTRAS OBRAS

ENCINA, Juan del (1978), *Obras Completas*, Edición, introducción y notas de Ana Maria Rambaldo, Madrid, Espasa/Calpe;
GARÇÃO, Correia, *Obras Completas*, texto fixado, prefácio e notas de António José Saraiva, Lisboa, Livraria Sá da Costa, 1958;

RESENDE, Garcia de, *Livro das Obras* (1994), Introdução, estudo textológico e linguístico de Evelina Verdelho, Lisboa, Fundação Calouste Gulbenkian.

BIBLIOGRAFIAS

STATHATOS, Constantin C. (1980), *A Gil Vicente Bibliography* (1940--1975), London, Grant & Cutler;
— (1997) *A Gil Vicente Bibliography* (1975-1995), Bethlehem, Lehigh University Press;
— (2001), *A Gil Vicente Bibliography* (1995-2000), Kassel Edition Raichenberger;
— (2002), OJEDA CALVO, Maria del Valle e REYES PENA, Mercedes de los, "Bibliografia de Gil Vicente", in *As Obras de Gil Vicente* (José Camões, Editor), Vol. V, pp. 503-677.

ESTUDOS

ALÇADA João Nuno (2002), *Por ser cousa nova em Portugal. Oito ensaios vicentinos*, Coimbra/Braga, Angelus Novus;
ALVES, Hélio João, "Gil Vicente e a arte do tempo", in *Tempo para entender. História comparada da literatura portuguesa*, Casal de Cambra, Caleidoscópio;
ASENSIO, Eugénio (1974), "Gil Vicente y las cantigas paralelísticas restauradas: folclore o poesia tradicional?", in *Poética y realidade en el Cancionero Pensinsular de la Edad Media*, Madrid, Gredos, pp. 134-176;
BEAU, Albin E. (1959), "Gil Vicente: o aspecto renascentista e medieval da sua obra", in *Estudos I*, Coimbra, Acta Universitatis Conimbrigensis, pp. 73-158;
BERARDINELLI, Cleonice (1991), "A romagem da fé em alguns autos vicentinos", in *Estudos Portugueses. Homenagem a Luciana Stegano-Picchio*, Lisboa, Difel, pp. 311-324;
— (1995), "As personagens femininas no teatro vicentino", in *Convergência Lusíada, Revista do Real Gabinete Português de Leitura*, 12, pp. 200-218;

— (2003/2004), "De clérigos, cónegos e frades", in *Semear. Revista da Cátedra Padre António Vieira de Estudos Portugueses*, vol. 8, pp. 35-49;
BERNARDES, José Augusto Cardoso (2002), *Revisões de Gil Vicente*, Coimbra, Angelus Novus;
— (2005), "A Copilaçam de todalas obras: o livro e o projecto identitário de Gil Vicente", in *Diacrítica*, n.º 18 e 19, pp. 179-198;
— (2006) *Sátira e Lirismo no Teatro de Gil Vicente*, Lisboa, Imprensa Nacional/Casa da Moeda, 2006, 2ª ed.;
BONFIM, Eneida (2002), *O traje e a aparência nos autos de Gil Vicente*, Rio de Janeiro, PUC/Edições Loyola;
CARVALHO, Joaquim de (1983), "Os sermões de Gil Vicente e a arte de pregar", in *Obras Completas*, Lisboa, Fundação Calouste Gulbenkian, pp. 45-131;
CALDÉRON, Manuel (1996), *La lírica de tipo tradicional de Gil Vicente*, Alcaláde Henares/Madrid, Universidad de Alcalá de Henares;
CASTRO, Aníbal Pinto de (2003), "As dramatizações vicentinas da novela de cavalaria", in *Gil Vicente, quinhentos anos depois*, vol. I, 13-30;
CORREIA, Joaquim (1999), "Relendo o Auto de Mofina Mendes", in *O Homem e o Tempo. Liber amicorum para Miguel Baptista Pereira*, Porto, Fundação Engenheiro António de Almeida, 333-366;
— (2002), "A *Visitaçam* de Gil Vicente", in *Ensaios vicentinos* (coord. de José Bernardes), Coimbra, a Escola da Noite, pp. 81-94;
COSTA, Paulo Lampreia (2003), "Os textos literários nos programas escolares (1895-.) O caso de Gil Vicente", in *Adágio*, 34/35 (2002/2003), pp. 98-105;
FERREIRA, José Alberto (2004), *Uma discreta invençam. Estudos sobre Gil Vicente e a cultura teatral de Quinhentos*, Coimbra//Braga, Angelus Novus;
FREIRE, Anselmo Braamcamp (1944), Vida e obras de Gil Vicente "trovador mestre da balança", Lisboa, Revista Ocidente, 2ª ed.;
HART, Thomas (2003/2004), " Diz o exemplo da velha. Provérbios no *Auto de Inês Pereira*", in *Adágio. Revista do Centro Dramático de Évora*, vol. 34/35, pp. 9-14;

Le GENTIL, Goerges (1939), "Les thèmes de Gil Vicente dans les moralités, sotties et farces françaises", in *Hommage à Ernest Martinenche. Études hispaniques et américaines*, Paris, Arthey, pp. 156-174;

LOPES, Óscar (1970), "O sem-sentido em Gil Vicente", in *Ler e depois. Crítica e interpretação literária*, Porto, Editorial Inova, pp. 97-121;

LOPEZ CASTRO, Armando (2000), *Al vuelo de la garza. Estudios sobre Gil Vicente*, León, Universidad de León;

— (1996), "Introducción" a *Lírica de Gil Vicente*, Madrid, Cátedra, pp. 9-56;

LOURENÇO, Eduardo (2004), "O Gibão de Mestre Gil", in *O Gibão de Mestre Gil e outros ensaios*, Lisboa, Gradiva;

KEATES, Lawrence (1979), *O teatro de corte de Gil Vicente*, Lisboa, Teorema;

MATEUS, J. Osório, dir. de (1988-1992), Vicente (colecção de 60 estudos monográficos, incidindo sobre a totalidade das obras vicentinas e ainda de outras de autoria duvidosa);

— (2003), *De Teatro e outras escritas*, Lisboa, Quimera;

MENDES, Margarida Vieira (1990), "Gil Vicente: o génio e os géneros", in *Estudos portugueses. Homenagem a António José Saraiva*, Lisboa, Instituto de Língua e Cultura Portuguesa;

MONTEIRO, J. Gomes (1834), "Introdução" a *Obras*, Hamburgo, Typographia de Langhoff, pp. III-XLI;

MORAIS, Manuel (2002/2003), "Música para o teatro de Gil Vicente. Canções profanas: vilancetes, cantigas, romances, ensaladas e chançonetas", in *Adágio. Revista do Centro dramático de Évora*, vols. 34/35, pp. 107-130;

OSÓRIO, Jorge Alves (1979/1980), "O testemunho de Garcia de Resende sobre o teatro vicentino. Algumas reflexões", in *Humanitas*, vols. 31-32, pp. 71-96;

— (2003), "A Compilação de 1562 e a fase manuelina de Gil Vicente", in *Revista da Faculdade de Letras. Línguas e Literaturas. In Honorem José Adriano Freitas de Carvalho*, vol. XIX, pp. 211-233;

— (2004), "Os enunciados didascálicos na Compilação de 1562", in *Revista da Faculdade de Letras – Línguas e Literaturas*, II Série, Vol. XXI, pp. 13-59;

PARKER, Jack Horace (1967), *Gil Vicente*, New York, Twaine Publishers;

POCINAS LOPEZ, Andrés (2006), *Gil Vicente y la nave de los locos*, Salamanca, Luso-Espanola de Ediciones;
— "Gil Vicente y el carnaval tradicional", in *E. H. Filología*, 29, 2007, pp. 283-315;
RAMALHO, Américo da Costa (1982), "Alguns aspectos do cómico vicentino", in *Estudos sobre o século XVI*, Lisboa, Imprensa Nacional/Casa da Moeda, pp. 95-124;
RECKERT, Stephen (1987), *Gil Vicente. Espírito e Letra*, Lisboa, Imprensa Nacional/Casa da Moeda;
— (1992), "Gil Vicente e a génese da comédia vicentina", in *Temas vicentinos. Actas do Colóquio em torno da obra de Gil Vicente*, Lisboa, ICALP, pp. 139-150;
— (2002),"Gil Terrón lletrudo está", in *Leituras. Revista da Biblioteca Nacional*, 11, pp. 15-33;
RÉVAH, I. S. (1942), *Les sermons de Gil Vicente. En marge d'un opuscule du Professeur Joaquim de Carvalho*, Lisboa, Ottosgráfica;
RODRIGUES, Maria Idalina Resina (1999), *De Gil Vicente a Lope de Vega. Vozes cruzadas*, Lisboa, Editorial Teorema;
— (2005), *De Gil Vicente a Um Auto de Gil Vicente*, Lisboa, Imprensa Nacional/Casa da Moeda;
SURTZ, Ronald E. (1979), *The Birth of a Theater. Dramatic Conventions in The Spanish Theater from Juan del Encina to Lope de Vega*, Madrid/Princeton, Universidad de Castalia;
TEYSSIER, Paul (1986), *Gil Vicente: o autor e a obra*, Lisboa, Instituto de Cultura e Língua Portuguesa;
— (2006), *A Língua de Gil Vicente*, Lisboa, Imprensa Nacional/ /Casa da Moeda (tradução de original, em Francês, de 1959);
ZIMIC, Stanislav (2003), *Ensayos y notas sobre el teatro de Gil Vicente*, Madrid, Iberoamericana;
SARAIVA, António José (1981), *Gil Vicente e o fim do teatro medieval*, Lisboa, Bertrand (3ª ed. de um original datado de 1942, com Prólogo de autocrítica);
— (1972) "Quem era Gil Vicente", in *Para a história da cultura em Portugal*, Mem Martins, Europa/América, pp. 195--208;
SLETSJOE, Leif (1965), *O elemento cénico em Gil Vicente*, Lisboa, Casa Portuguesa;

STEGAGNO-PICCHIO, Luciana (1982), "Le diable et l'enfer dans l'oeuvre théatrale de Gil Vicente", in *La Méthode philologique. Écrits sur la littérature portugaise*, Paris, Fundação Calouste Gulbenkian, vol. II, pp.137-164;

VASCONCELOS, Carolina Michaellis de (1949), *Notas vicentinas*, Lisboa, Revista Ocidente (2ª ed.).

Índice

1. Nota Prévia 7
2. Apresentação 13
   1. A identidade 15
   2. As circunstâncias 23
   3. A obra 27
   4. As matrizes 31
   5. Diversidade 40
   6. Linha de coerência 48
   7. O público 55
   8. Gil Vicente na literatura e na cultura portuguesa 57
   9. Gil Vicente na Escola 62
   10. Gil Vicente nos palcos 64
   11. O cânone e os lugares-comuns 66
   12. A actualidade de Gil Vicente 73
   13. Cronologia 77
3. Lugares Selectos 85
   1. Frases Aforísticas 87
   2. Textos de Doutrina Estética 93
   3. Textos Literários 109
4. Discurso Directo 127
5. Discurso Crítico 161
6. Abecedário 205
7. Representações 225
8. Bibliografia 229